Im Dutzend Bunter

HEIKE KLEIN

Im Dutzend Bunter

Zwölf vielfältige Geschichten

Bibliografische Information der Deutschen Nationalbibliothek:
Die Deutsche Nationalbibliothek verzeichnet diese Publikation in der
Deutschen Nationalbibliografie; detaillierte bibliografische Daten sind
im Internet über dnb.dnb.de abrufbar.

Cover- und Umschlaggestaltung: Kevin Scoppwer
Satz, Herstellung und Verlag:
BoD – Books on Demand, Norderstedt

ISBN: 978-3-7583-7318-3

Inhalt

Gnome retten die Welt

S ie sitzt an dem kleinen Tisch mit den filigranen Beinen und bürstet ihr tiefschwarzes Haar. Ihr Blick ruht im goldverzierten Spiegel, doch plötzlich scheint es ihr, als habe es hinter ihr im Zimmer aufgeblitzt. Sie dreht den Kopf, aber alles, was sie sieht, ist ihr Bett mit dem mächtigen Baldachin, den samtroten Sessel und die lodernde Fackel an der Wand im halbrunden Turmzimmer. Sie zuckt die Achseln und kämmt weiter das Haar, doch ein kleiner Rest Unwohlsein bleibt. Es ist nicht mehr dieselbe Unbekümmertheit, mit der die Bürste durch das seidige Haar gleitet. Und in der Tat, mit einem Mal geht es rasend schnell: ein krächzender, abgewürgter Schrei, Gerenne, Gewusel, kleine Schritte. Sie spürt einen Schlag an ihrer Seite, doch wachsam ist sie längst aufgesprungen und wehrt, nur von Instinkten geleitet, das Etwas ab, packt es mit aller Kraft, während es ebenso kämpft und sich aus ihrem Griff zu rangeln versucht.

»Was?!«, ruft sie und hält den Gnom an der Taille – oder wo auch immer an dem knorpeligen Körper eine Taille sitzen sollte – und hält ihn dabei so weit von ihrem Körper weg, wie es die Arme erlauben.

»Lass! Lass mich sofort runter!«, schimpft und zetert er und windet sich weiter.

Doch die Prinzessin hat ihre Contenance wiedergefunden. »Ich denk nicht dran. Was suchst du in meinem Zimmer? Zu so später Stunde kann das doch nichts Rechtes sein. Willst du mich etwa bestehlen?«

»Bestehlen? Ich bin doch kein Dieb!«, entrüstet sich der Gnom so heftig, dass seine große, haarige Warze auf der Wange ihr gleich entgegen zu springen droht. »Jetzt lass mich sofort runter!«

Sie schüttelt den Kopf und plötzlich sieht sie es wieder blitzen, im selben Moment ein stechender Schmerz in ihrem Unterarm. Mit einem Schrei lässt sie den Gnom fallen. Ohne nachzudenken greift sie nach einem der Schürhaken, die neben dem Kamin aufgestellt sind, und hält ihn schützend vor sich. Der Gnom hingegen steht immer noch an der gleichen Stelle, wo sie ihn hat fallen lassen. Triumphierend hält er sein Schwert in der Größe eines Tafelmessers hoch.

»Au! Du hast mir wehgetan!«, klagt sie und reibt sich den Blutstropfen weg.

»Du hättest mich nur loslassen müssen.«

»Damit du mich bestehlen kannst?«

»Ich bin kein Dieb.«

»Was willst du dann?«

»Ich bin wegen des Kindes hier.« Er zeigt mit dem Schwert auf ihren wohlgerundeten Bauch.

»Wegen meinem Kind?«, fragt sie erstaunt.

»Es muss sterben«, antwortet er mit finsterer Stimme und zielt weiter auf ihren Bauch.

»Sterben? Mein Kind? Du bist wohl vollkommen verrückt in deinem zusammengepressten Schrumpfkopf. Ich lass dich doch nicht mein Kind töten!« Sie packt das Eisen fester. »Komm ruhig her und lern meinen Schürhaken kennen, du kleiner Wicht.«

»Das Kind muss sterben«, knurrt er. »Und kleiner Wicht. Das ist wirklich sehr diskriminierend. Man beurteilt seinen Gegner nicht nach der Größe. Gnome sind sehr schnell und haben verblüffende Kräfte. Überraschung und Schnelligkeit sind unser Element.«

»Na, sehr überrascht bin ich jetzt aber nicht mehr«, erklärt die Prinzessin, während sie weiter den Schürhaken vor ihrem Bauch schwingt.

»Ja, in der Tat. Das könnte ein Problem werden«, räumt der Gnom ein und betrachtet mit sorgenvoller Miene die scharf geschmiedete Spitze des Hakens.

»Aber warum willst du überhaupt mein Kind töten? Ist Kindertöten ein gern verbrachter Zeitvertreib bei Gnomen?«

»Nein, natürlich nicht. Aber die große, alte, weise Unke hat es uns orakelt.«

»Was? Eine Kröte hat dir erzählt, du sollst mein Kind töten? Das ist ja lächerlich.«

»Keine Kröte!«, empört er sich. »Eine Unke, und zwar eine weise. In Eurem Königreich wird die Zukunft aus dem Gespinst von Mehlmotten gelesen. Das erscheint mir auch nicht wesentlich fortschrittlicher.«

»Na, mir schon. Aber bitte, erzähl, was deine Unke euch orakelt hat.«

»Sie sagt, dass ein Kind geboren wird. Ein Kind mit großen zerstörerischen Kräften. Es wird die Welt in den Abgrund reißen und alles in Finsternis tauchen. Und Ihr, Prinzessin, seid die Mutter dieses Kindes.«

»Das ist ja wohl der größte Unsinn, den ich je in meinem Leben gehört habe! Ich soll die Mutter eines Weltzerstörers werden? Wie komme ich dazu?«

»Der Vater«, flüstert der Gnom und sieht sich hastig nach allen Seiten um.

»Was ist mit dem Vater?«

»Es ist ... der Teufel.« Jetzt ist seine Stimme nur noch ein Hauch.

»Der Teufel?« Sie lacht. »Na, das wüsste ich aber. Langsam wird deine Geschichte wirklich amüsant. Und dann schickt man so etwas wie dich, um dieses blutige Werk zu verrichten? Einen Wicht? Konntet ihr euch keinen anständigen Attentäter leisten?«

»Bitte, wir mögen das W-Wort nicht. Und Gnome, sie sind schnell, clever, stark, können klettern, springen, hechten ...«

»Jaja, ich verstehe schon. Gnome retten die Welt. Wenn du mir gleich noch erzählst, dass du fliegen kannst ...«

Der Gnom lächelt nur verschmitzt in seinem ledrigen Gesicht.

»Das ist doch absurd. Ich muss nur nach meinen Wachen rufen, dann ist dieses Theater beendet. Ich wollte nur hören, was du mir zu sagen hast.«

»Eure Wachen, Prinzessin, habe ich auf dem Weg in dieses Zimmer erledigt.«

»Was?!« Erschrocken weicht die Prinzessin einen Schritt zurück.

»Vielleicht habe ich dich doch falsch eingeschätzt.«

»Vielleicht. Aber bangt nicht um Eure Wachen. Ich habe sie nicht getötet. Sie liegen nur geknebelt vor der Tür. Ich fürchte jedoch, mit Euch kann ich nicht so milde sein.«

»Aber ... aber es ist doch noch ein Baby im Bauch seiner Mutter. Wie kann man so etwas denn töten wollen?«, ruft sie entsetzt.

Der Gnom holt tief Luft. »Leider ist dies die einzige Möglichkeit. Nur jetzt schläft es schutzlos in Eurem Bauch. Ohne Euch kann es nicht leben, wenn Ihr sterbt ... Aber sobald es auf der Welt ist, hat es eigene Kräfte, die es behüten werden.«

»Nein, das glaube ich nicht, der Vater ...« Sie bricht ab und ihr Ausdruck wird mit einem Mal sehr still und zweifelnd.

»Was ist mit ihm? Was wisst Ihr über den Vater Eures Kindes?«

»Was soll ich wissen? Ein Hallodri war er wohl. Aber ich hätte es schon gemerkt, wenn er zwei Hörner auf der Stirn oder einen Pferde-fuß gehabt hätte«, erwidert sie, nun trotzig. »Nett anzusehen war er. Sein volles wallendes Haar, ein Engelsgesicht und recht manierlich gebaut war er ebenso.«

»Aber kommt Euch das nicht verdächtig vor, wenn ein Mann zu schön ist? Woran erinnert Ihr Euch noch?«

»Ein Charmeur war er. Versprochen hat er immer viel. Wie das so ist. Und ...« Sie beginnt auf ihren roten Lippen zu nagen. »Er war immer sehr plötzlich da und ist dann einfach verschwunden.«

»Als hätte ihn die Erde verschluckt oder wieder ausgespuckt?«

»Ja ... nein ... ich weiß nicht ... obwohl ... manchmal, wenn es sehr leidenschaftlich war, hatte er dieses Glühen in den Augen, bei-nahe wie ein rotes Feuer, und an gewissen Stellen, da war er fast schon unnatürlich gut gebaut. Ach!« Ein lautes Schluchzen hallt die steinernen Wände hinauf und der Schürhaken gleitet ihr aus der Hand. »Vielleicht ...«

»Kommt, Prinzessin, Ihr müsst Euch erstmal setzen.« Vorsichtig zieht er sie an ihrem langen, fließenden Kleid. Es scheint, als sei ihre helle Haut restlos aller Farbe beraubt. Zitternd und wankend folgt sie ihm zum Sessel.

»Aber«, sie reibt sich die Tränen aus ihren hübschen Mandel-augen, »das muss doch nicht heißen, dass mein Kind böse ist. Wenn ich es aufziehe und Gutes lehre. Niemandes Schicksal ist doch vor-herbestimmt.«

»Ich fürchte, meine Teuerste, so arbeitet die Vorsehung nicht. Also glaubt Ihr mir jetzt?«

Sie blickt direkt in seine grüngelben Knollenaugen und dann auf ihren Bauch.»Es ist doch schon fast egal. Entweder ist dieses Kind das, was du sagst, und wenn nicht, schau, in welche Lage ich mich gebracht habe. Ach, diese Schande, wie töricht ich war. Seit Wochen bin ich hier oben im Turm versteckt. Nur des Nächtens traue ich mich für ein paar Schritte vor das Tor und frage mich im fahlen Mondlicht, wo das alles hinführen soll. Mein armer Vater, er hatte doch schon einen prächtigen Prinzen für mich ausgesucht, der dann König werden sollte, und ich an seiner Seite. Aber welcher Prinz nimmt mich denn noch? Es ist ein Wunder, dass man mich noch nicht ganz verstoßen hat. Und was soll erst werden, wenn das Kind auf der Welt ist?«

»Oje, oje.« Der Gnom neigt den Kopf schwermütig von der einen zur anderen Seite.»Ihr müsst nicht meinen, dass mir Euer Schicksal nicht zu Herzen geht. Man möchte Euch eher retten, als dass …« Er sieht auf sein Schwert, das am Gürtel in seiner Halterung ruht.

»Lieber Gnom, seid versichert, für mich gibt es keine Rettung. Es ist ja nicht so, als ob ich noch nie dran gedacht hätte.«

»Woran, Prinzessin?«

Ihre Stimme wird zu einem Flüstern:»Es selbst zu tun.« Sie steht auf und geht zum offenen Fenster, das nach Westen zeigt.»Wie oft habe ich hier gestanden und in die Tiefe geblickt.«

»Ja, Euer Turm ist wahrlich hoch. Da kann wohl nicht mal der tiefe Burggraben unten helfen.«

»Mir sowieso nicht. Ich kann nicht schwimmen. Aber …« Ein bitteres Lachen entrinnt ihrer Kehle.»Ich sollte mich beeilen. Lange passe ich nicht mehr durch die schmale Öffnung. Ich verdecke ja jetzt schon fast vollständig den Spalt.«

»Tja.« Der Gnom schaut betreten zu Boden.

Sie nickt ihm zu.»Das würde Euch auch der Bürde befreien, es zu vollbringen.«

»Oh ja! Tausend Feinde strecke ich nieder, ohne mit der Wimper zu zucken. Aber so ein edles Fräulein, das nur ein Mal eine Dummheit begangen hat? Es bricht mir das Herz.«

Sie lehnt sich aus dem Fenster.»Ach, du süßes Abendlicht, was habe ich dich immer geliebt, wenn der Himmel noch einen letzten Gruß der Sonne in sich trägt, du kühle Luft …«

Sie beugt sich noch ein Stück vor und weiter … und bricht in sich zusammen. »Es tut mir leid, du guter Gnom, ich kann es nicht. Ich bin zu schwach.«

Der Gnom kann seine Erschütterung nicht länger verbergen. »Nein, nein. Das ist auch zu viel von Euch verlangt. *Ich* werde es tun, Prinzessin. Ich schwöre Euch, es wird ganz schnell gehen. Ein Stich ins Herz. Ihr werdet keinen Schmerz verspüren. Ich springe Euch von unten an. Ich habe so etwas schon tausendmal getan. Ich könnte es blind tun.«

»Dann sei es so.« Sie richtet sich wieder auf und wischt sich die Wangen. »Vollbringt, wofür Ihr gekommen seid.«

Er nickt im stillen Einverständnis und taxiert ihre Höhe, bevor er sich im richtigen Abstand vor ihr aufstellt. »Ich wäre soweit.«

»Gut. Ich denke, ich werde besser die Augen schließen.«

»Tut das.« Langsam zieht er das Schwert aus seiner Halterung. »Ach, leicht fällt es mir auch nicht.«

»Vielleicht solltet Ihr ebenso die Augen schließen.«

»Ja, ich werde es auch tun.« Er packt das Schwert fester und kneift die Augen zu …

»Wartet!«, ruft sie plötzlich.

Er öffnet die Augen.

»Ich wollte nur sagen, dass ich Euch vergebe.«

Der Gnom schluckt. Ein seltsam gurgelndes Geräusch, man könnte fast meinen ein Schluchzen, entweicht seiner Kehle.

»Und jetzt könnt Ihr es tun.« Sie schließt die Augen wieder.

Er drückt auch die Augen zu. Das Schwert fest im Griff, stemmt er sich nach hinten – sie blinzelt durch ein Auge. Er springt hoch, katapultiert sich durch die Luft, rast schwungvoll auf sie zu. Einen Schritt tritt die Prinzessin zur Seite, gibt so das von ihrem schwangeren Körper verdeckte Fenster frei, und der Gnom saust im hohen Bogen durch den Spalt hinaus in die leere, weite Luft.

Mit einem Lächeln schaut sie ihm hinterher. »Also, fliegen können Gnome wohl nicht.« Ein Platschen schallt von ganz weit unten. »Aber vielleicht wenigstens schwimmen.«

Sie schließt das Fenster und streichelt sich den Bauch. »Als ob du hier schutzlos wärst. Deine Mama hat doch extra dafür gesorgt, dass wir hier im Turm gut weggesperrt sind. Wer weiß denn, wer dir sonst noch ans Leben will? Du bist nämlich etwas ganz Besonderes. Wenn nur diese unfähigen Wachen nicht wären. Sich von einem Gnom überwältigen zu lassen. Die schmeißen wir als Allererstes raus, wenn wir zwei den Thron übernommen haben. Dann kann dein Großvater seinen debilen Prinzen selber heiraten. Nicht wahr, mein kleiner Satansbraten, du?«

Sie setzt sich zurück an den filigranen Tisch vor dem goldenen Spiegel und bürstet weiter das tiefschwarze Haar.

Die Gelegenheit des Niklas Helbling

Das Gewitter ließ ihn nicht zur Ruhe kommen. Noch in der Dämmerung hatte er sich eine mit Laub gefüllte Kuhle als Schlafplatz ausgesucht, doch jetzt saß er ganz nah am Stamm des mächtigen Baumes und hörte die Äste über sich im Wind zusammenschlagen. Regen, Blitz und Donner bedrohten ihn von allen Seiten. In seinem Bauch brannte heiß der Hunger. An Schlaf war nicht zu denken.

Niklas Helbling stand auf. Er war sich sicher, bis ins nächste Dorf konnte es nicht mehr weit sein. In völliger Dunkelheit hätte er es nie gewagt, loszugehen, zu groß war die Gefahr, ohne Licht den Weg zu verlassen und sich im stockfinsteren Wald zu verirren. Aber die nicht enden wollenden Blitze ließen ihn den Weg nicht verlieren.

Weidenbruch war ein großes und stattliches Dorf. Als solches besaß es ringsherum einen ordentlichen Zaun aus Holzgeflecht, mit einem großen Tor in der Mitte, an welches er mitten in der Nacht als zerlumpter, nasser Pudel lieber nicht klopfen wollte. Doch er erinnerte sich: Es gab eine Stelle, an der ein Erdhügel ganz nah an den Zaun heranführte, sodass man mit ein wenig Geschick hinüberklettern konnte. Er hatte diese Schwachstelle durch Zufall entdeckt, als er vor einigen Jahren für kurze Zeit als Knecht beim Verwalter in Weidenbruch gearbeitet hatte. Solche Dinge merkte er sich.

Er wartete auf den nächsten Blitz und kämpfte sich durchs Dickicht, immer am Zaun entlang, bis er den Hügel wiederfand. Mit großer Anstrengung überwand er den glitschigen Zaun und stand wieder in Weidenbruch, was eigentlich keine gute Idee war. Eher könnte dieser Ausflug ziemlich böse für ihn enden. Doch der Hunger trieb ihn. Seit vorgestern hatte er nichts Richtiges gegessen. Seitdem der Meister, bei dem er als Lehrling angestellt war, ihn aus der

Werkstatt getrieben hatte, weil dieser entdeckt hatte, dass Niklas und des Meisters Tochter mehr als Blicke miteinander getauscht hatten. Vorsichtig schlich er die Häusermauern entlang. Er hatte große Sorge, dass dieses fürchterliche Gotteszürnen auch andere vom Schlafen abhielt. So versuchte er, im Dunkeln zu laufen und sich beim grellen Aufleuchten der Blitze an den Häuserwänden zu verstecken. Denn wenn sie ihn erwischten, würde es nicht gut für ihn aussehen.

Zielstrebig peilte er den größten Hof im Dorf an: das Anwesen des Verwalters. Er hoffte, dass der Stall immer noch mit demselben Schloss gesichert war, das er schon vor Jahren geknackt hatte – bevor der Verwalter ihn vom Hof prügelte, weil er Niklas beim Stehlen in der Speisekammer erwischt hatte. Und in der Tat hielt das große, hölzerne Schloss seinen akribisch arbeitenden Fingern nicht lange Stand.

Endlich war er im Stall. Dort erhellten selbst die Blitze, die durch die kleinen Fenster zuckten, den Raum nur schwer. Trotzdem konnte er die in Reih und Glied angebunden Pferde gut erkennen. Es waren ungewöhnlich viele, darunter auch edle Rösser. Er wunderte sich, woher diese prächtigen Tiere kamen. Vielleicht sollte er sich mal so ein Pferdchen schnappen? Dann hätte er für eine lange Zeit sein Auskommen. Wer sollte ihn auf einem derart schnellen Tier noch aufhalten können? Allerdings, vielleicht sollte er vorher erst einmal reiten lernen.

Er schlich den Gang weiter, bis er plötzlich gegen etwas auf dem Boden stieß und stolperte. Ein greller Blitz schoss durch den Raum. Dort lag jemand auf dem Boden! Ein heftiges Donnergrollen ließ die Pferde erzittern, doch der Mann auf dem Boden blieb regungslos liegen. War er tot?

Vorsichtig streckte Niklas die Hand nach dem Mann aus – aber der schien einfach nur sehr fest zu schlafen. Blitz und Donner, aber der Mann schlief den Schlaf des kleinen Kindes oder den des großen Säufers. Was für ein Wächter!

Weiter hinten entdeckte Niklas noch zwei Gestalten, die schnarchend in der Ecke lagen. Er schüttelte den Kopf und ging durch den Stall in die angrenzenden Räume bis zur Vorratskammer. Er seufzte, während er sich das erste Stück Käse in den Mund steckte. Kauend stopfte er seinen kleinen Beutel voll. Er verließ gerade die Kammer, als er plötzlich Schritte hörte!

Panisch sah er sich nach einem Versteck um. Schon kam ein Lichtschein auf ihn zu. In letzter Sekunde zwängte er sich in eine Mauernische. Er wurde kreidebleich, als sich die Gestalt mit der Kerze in der Hand auf die Nische zudrehte. Im Stillen fing er zu beten an, noch ein Schritt und alles war zu spät. Doch wie durch ein Wunder hielt der Mann im letzten Moment inne und wandte sich dem Tischlein zu, das schräg gegenüber der Nische stand. Er stellte die Kerze auf dem Tisch ab, während Niklas ihn beobachtete. Das Gesicht des Mannes konnte er nicht sehen, weil er nur auf dessen Rücken blickte, aber er war von stattlicher Figur und an seiner Kleidung ließ sich erahnen, dass es ein Edelmann war. Niklas wunderte sich, was ein solcher Edelmann in Weidenbruch wollte.

Der Mann holte unter seinem Mantel einen Trinkbeutel hervor und legte ihn auf den Tisch. Es war ein besonders prächtiges Exemplar. So etwas Feines hatte Niklas noch nicht gesehen. Das edle Stück war von purpurner Farbe und golden bestickt. Es schien ein Wappen zu sein, das dort so seidig schimmerte. Dann kramte der Mann noch etwas unter seinem Mantel hervor, doch Niklas konnte zunächst nicht ausmachen, was es war. Stattdessen entdeckte er die lange Narbe, die auf der linken Hand des Mannes prangte, als dieser den Beutel öffnete. Dann erkannte Niklas schließlich, was Narbenhand in der anderen Hand hielt. Es war ein kleines Fläschchen, dessen Inhalt er nun in den Beutel kippte. Er schloss den Beutel wieder, schüttelte ihn, und so plötzlich wie Narbenhand gekommen war, war er wieder verschwunden.

Niklas atmete befreit auf. Er schickte tausend Dankgebete gen Himmel und verließ Hof und Dorf, so schnell er nur konnte.

Im Vergleich zu den Aufregungen der Nacht verlief der nächste Tag viel angenehmer. Die Neugier hatte ihn schon früh wieder ins Dorf getrieben. Er wollte unbedingt wissen, was es mit dem Edelmann und den prächtigen Pferden auf sich hatte. Schnell erfuhr er, dass der Ritter Konrad von Falkenberg gestern mit seinem Gefolge im Dorf angekommen war. Dieser Ritter hatte eine Hochzeit auf der Weyenburg besucht und machte nun auf dem langen Heimweg Station in Weidenbruch. Des Ritters Anwesenheit rettete Niklas den Tag. Denn im allgemeinen Trubel fiel er jetzt nicht mehr auf. Die Knechte des Ritters dachten, er wäre aus dem Dorf, und die Leute aus dem Dorf nahmen an, dass er zur Gefolgschaft des Ritters gehörte. Es grämte ihn auch nicht zu hören, dass der Verwalter, mit dessen Knüppel er so intensiv Bekanntschaft geschlossen hatte, zwischenzeitlich gestorben war. Überhaupt schien sich sonst kein Dorfbewohner mehr an ihn zu erinnern, was ihn eigentlich auch nicht wunderte. Er war damals nur kurz hier gewesen und dazu noch ein halbes Bürschlein, dem nicht einmal Bartflaum wuchs. Im Laufe des Tages hatte er auch Narbenhand wieder gesehen. Es war Rudolph von Falkenberg, Ritter Konrads Vetter.

Unruhig wurde es jedoch im Dorf, als es plötzlich hieß, Ritter Konrad sei erkrankt, und man munkelte, es ginge ihm gar nicht gut. Wildeste Gerüchte kursierten im Dorf: Die einen sagten, dem Ritter gehe es sehr schlecht, er spucke Blut und man befürchte das Schlimmste; die anderen meinten, so schlecht gehe es ihm gar nicht, es sei wohl nicht mehr als eine heftige Magenverstimmung und schon bald vorbei.

Am Abend stand Niklas mit zwei Knechten des Ritters – einer der beiden, Sebastian Gerber, war der Mann, über den er in der Nacht gestolpert war – zusammen, als ein Aufseher auf sie zukam. »Hört mal ihr Burschen, ich habe Arbeit für euch.«

Sie folgten ihm zur Hofanlage des Verwalters. Dort zeigte er ihnen, was zu tun war: Es galt Kisten nach draußen zu tragen, andere ins Haus hinein, verschiedenste Dinge waren zu rangieren. Die Arbeit war nicht schwer und ließ Luft für kleine Neckereien.

»Und, Meister Gerber«, begann Niklas, »habt Ihr letzte Nacht bei dem Gewitter auch so schlecht schlafen können?«

Sebastian kratzte sich nachdenklich am Kopf. »Welches Gewitter?«

»Was heißt hier, welches Gewitter?«, mischte sich Johannes, der zweite Knecht, ein. »Das Gewitter, das mich letzte Nacht sämtliche Schutzheiligen und alle meine seligen Verwandten anrufen ließ!«

18

»Ich habe von einem Gewitter nichts mitbekommen«, antwortete Sebastian.

Niklas grinste. »Wohl etwas zu tief ins Weinfass geschaut.«

»Ach was, etwas Wein beim Abendbrot. Den haben wir doch alle getrunken.«

»Ich nicht«, triumphierte Johannes.

»Ja, du bist ja heiliger als ein Mönch, der in Aske...«

Niklas hörte nicht mehr zu. Etwas anderes nahm seine ganze Aufmerksamkeit ein. Ein Mann schob gerade ein Stück des Vorhangs zur Seite, der den hinteren Teil des Raums abtrennte. Dort entdeckte Niklas den Ritter Konrad, auf einer Liege ruhend. Gerade griff dieser an seine Seite und holte einen Trinkbeutel hervor, den Beutel, den Niklas letzte Nacht in der Hand Rudolph von Falkenbergs gesehen hatte.

»Was für ein herrlicher Beutel«, raunte Niklas.

»Der Beutel, ja«, Johannes schaute zum Ritter hinüber, »das ist ein Erbstück von des Ritters Vater. Ein einzigartiges Stück. Den hütet der Ritter wie seinen Augapfel.«

In der folgenden Nacht fand Niklas keine Ruh. Vorsichtshalber hatte er sich in der Dämmerung wieder aus dem Dorf geschlichen und ein schönes Plätzchen zum Schlafen gesucht. Jetzt lag er mit vollem Magen in der lauen Sommernacht, auf einer weichen Wiese blickte er in den friedlich funkelnden Sternenhimmel – und konnte nicht schlafen. Er wurde dieses Bild nicht mehr los: Rudolph von Falkenberg mit dem purpurnen Beutel in der Hand, wie er etwas hinein kippte. Dann war der Ritter urplötzlich schwer krank geworden. Davor eine Gewitternacht, welche die Toten aus ihren Gräbern hätte holen können, aber in der alle Weintrinker selig geschlafen hatten.

Es ließ Niklas keine Ruh. In seinem Kopf hörte er ständig das Gerede der Leute, die spekulierten, was aus Burg Falkenberg und ihren Besitztümern werden sollte, falls es zum Schlimmsten käme. Der Ritter hatte nur einen Sohn, der mit seinen Knien noch den Dreck auf dem Boden fegte. Gott weiß, ob der Knabe je das Mannesalter erreichte. Solange würde wohl Rudolph als nächster männlicher Verwandter das Regiment übernehmen.

Niklas hörte die Leute über Rudolph reden: Er sei ein starker Mann und sehr klug. In den Stimmen der Leute schwang großer Respekt mit – oder war es schon Furcht? Die ganze Nacht über spukten diese Gedanken in Niklas' Kopf herum. Am nächsten Morgen hatte er einen Entschluss gefasst. Er hatte einen Plan geschmiedet, bei dem er sowohl den Beistand des Herrn als auch den des Teufels benötigte. Lange hatte er überlegt, ob er zu Ritter Konrad gehen sollte. Doch die Angst war zu stark, dass Rudolph alles abstritt und er hinterher als Lügner dastand. So etwas konnte ihn leicht das Leben kosten.

Wohl konnte er die Sache auf sich beruhen lassen und alles vergessen, was er seit vorgestern Nacht erlebt hatte. Aber das war nicht seine Manier. Es war eine Gelegenheit für Niklas Helbling. Er war nur ein einfacher Bauernsohn mit acht Geschwistern, echte Gelegenheiten boten sich ihm selten.

Er betrat den Hof des Verwalters. Suchend sah er sich nach allen Seiten um, während seine Hände schon zitterten, das Herz pochte und in seinem Bauch die Grillen sprangen. Doch plötzlich entdeckte er den, den er suchte, und ging auf ihn zu. »Herr?«

Rudolph von Falkenberg drehte sich zu ihm.

»Herr«, Niklas verbeugte sich tief, »Herr, ich bitte Euch untertänigst, aber ich müsste in einer dringenden Angelegenheit mit Euch sprechen.«

»So sprich.«

Unbehaglich blickte Niklas sich um. Die vielen Leute im Hof gefielen ihm gar nicht. »Es wäre vielleicht besser, an einem Ort zu sprechen, wo es nicht so viele Augen und Ohren gibt.«

Rudolph sah ihn durchdringend an und für einen Moment dachte Niklas, dass ihn der Edelmann davonjagen wollte, doch dann sagte er nur: »Folge mir«, und ging voraus.

Rudolph führte ihn in eine kleine Kammer und schloss die Tür hinter ihnen zu.

»Nun, ist es dir so recht?«, fragte Rudolph im spöttischen Ton.

Niklas nickte zaghaft. Obwohl er sich gut überlegt hatte, was er sagen wollte, traute er sich kaum, den Anfang zu machen. Vielleicht war alles ein großer Fehler und vermutlich sein letzter.

»Was denn nun? Sprich endlich, du Narr!«

»Herr«, Niklas nahm seinen ganzen Mut zusammen und versuchte, die große Gestalt direkt vor ihm auszublenden, »vor zwei Nächten bei dem grausigen Gewitter konnte ich nicht schlafen und bin herumgeirrt. Da war mir so, als ob ich Euch hier im Haus gesehen hätte. Ihr hattet des Ritters Trinkbeutel und fülltet dort etwas hinein aus einem Fläschchen.«

Niklas schaute vorsichtig zu Rudolph, doch diesen schien seine Erzählung erst einmal sprachlos zu machen. Also redete er weiter, den Blick wieder gesenkt: »Am nächsten Tag dann, der Ritter Konrad wurde so urplötzlich krank, da macht man sich seine Gedanken.«

Niklas verstummte. Er spürte, dass Rudolph langsam aus seiner Starre erwachte. Niklas konnte nicht aufhören, auf Rudolphs langes Schwert, das direkt neben dessen zuckender Hand hing, zu schielen.

»Was maßest du dir an? Wer bist du überhaupt?! Was erzählst du für Märchen, wirre Träume in der Nacht. Hast dich dem Wein hingegeben und ...«

»Oh Herr«, unterbrach ihn Niklas, »wenn ich von Eurem Wein getrunken hätte, hätten mich nicht einmal die Posaunen des Jüngsten Gerichts wecken können!«

Rudolph sah ihn hasserfüllt an. Vielleicht hätte Niklas nicht so sprechen sollen, vielleicht war jetzt der Moment gekommen, so schnell wie möglich aus dieser Kammer zu fliehen.

»Herr«, Niklas Stimme wurde wieder sanft, »versteht mich nicht falsch. Ich will Euch doch nicht schaden. Ihr seid so ein edler, weiser Mann. Mir steht doch nicht an, Euch zu werten. Nein, vielmehr will ich Euch dienen. Ich biete Euch meine Dienste an. Ihr werdet meine Talente sicher bald zu schätzen wissen.«

Rudolph schwieg und starrte Niklas nur grimmig an. Es wurde totenstill im Zimmer. Doch plötzlich riss Rudolph die Tür auf und brüllte, dass es Niklas sämtliche Haare zusammenzog: »Rainald!«

Wenige Augenblicke später stand der Gerufene im Raum und wartete auf seine Order.

»Hier, dieser Bursche«, Rudolph zeigte auf Niklas, der glaubte, sein letztes Stündlein habe geschlagen, »er steht ab jetzt in meinen Diensten. Kümmere dich um ihn und zeig ihm alles Nötige.«

Niklas saß hoch im Baum auf einem breiten Ast. Er hatte sich aus dem Dorf geschlichen, um für einen Moment allein zu sein. Viel war die letzten Tage passiert. Noch vor einer Woche war er der Lehrling des Meisters Weigel gewesen und nun stand er im Dienst des Rudolph von Falkenberg. Das konnte eine gute Ausgangsposition für ihn sein, wenn er es geschickt anstellte. Dass er heute alles richtig gemacht hatte, zeigte ihm ein Blick an sich herunter. Er hatte sich gewaschen und die Haare frisiert, Rainald hatte ihm die zerlumpten Kleider genommen und ihn neu eingekleidet. Er war ein neuer Mann und nicht übel anzuschauen.

Plötzlich sah er unten eine Bewegung, jemand kam den Weg hinunter; eine Frau, in der er Ursula von Falkenberg erkannte, die Nichte des Ritter Konrad. Sie spazierte mit einem Buch in der Hand, doch als sie am Stamm des Baumes war, blieb sie stehen und setzte sich ins Gras. Sie schlug das Buch auf und begann leise daraus vorzulesen.

Niklas rührte sich nicht. Sollte er sich kenntlich machen? Aber das könnte zu einer unangenehmen Situation führen. Sehr unwahrscheinlich, dass sie ihn hier oben entdeckte. Er beschloss, still sitzen zu bleiben, und lehnte sich wieder an den Stamm, um dem Klang ihrer Stimme zu lauschen. Diese war sehr angenehm, bald hörte er weniger auf ihre Worte als mehr auf den sanften Klang, der ihn die Augen schließen und träumen ließ. Mit zwei schlecht geschlafenen Nächten im Nacken, war es ihm nicht zu verdenken, dass er schnell einnickte. Aufgeschreckt fuhr er wieder hoch, doch da war es schon zu spät: Er verlor das Gleichgewicht und fiel wild rudernd aus dem Baum.

Als er sich unter Fluchen und Stöhnen wieder aufgerappelt hatte, blickte er in das amüsierte Gesicht Ursulas.

»Sagt mir, guter Mann, ich habe schon viel gesehen und auch gelesen, aber dass Männer aus Bäumen fallen, ist mir fremd. Und sagt mir, ist es hier Sitte, dass junge Männer Büsche in den Haaren tragen?« Sie griff beherzt in sein Haar und holte einen kleinen Zweig samt Grünzeug hervor.

Niklas errötete. »Ich … edle Frau … verzeiht … ich …«, stammelte er verlegen.

»Nun, vielleicht fangen wir damit an, dass Ihr mir erst einmal Euren Namen nennt.«

»Niklas, Niklas Helbling.« Er verbeugte sich, bemüht seine Manieren wiederzufinden. Sie war sehr schön, das machte die Sache nicht unbedingt leichter. Nun war sie nicht die erste schöne Frau, die vor ihm stand, es gab auch schöne Bauerntöchter, aber die Anmut, mit der sie sich bewegte, ihre ganze Aufmachung; wenn er nur auf ihr seidig braunes Haar schaute, wie es prächtiger als alles Geschmeide ihre Schultern und ihren Rücken umspielte, da verschlug es ihm die Sprache.

»Nun, Herr Helbling, pflegt Ihr öfters aus Bäumen zu fallen?«

»Nein, verzeiht mir, ich saß schon dort, wie Ihr kamt, und wollte Euch nicht stören. Ich lauschte Eurer Stimme und der Klang war so lieblich, dass ich zu träumen anfing, einschlief und vom Baum fiel.«

»Dann war mein Vortrag derart spannend für Euch, dass Ihr dabei gleich einschlieft?«

Niklas wurde wieder rot. »Nein, äh, so war's nicht.«

Sie lachte. »Ist schon gut, Meister Helbling. Ich habe verstanden. Seid Ihr hier aus Weidenbruch?«

»Nein, ich stehe im Dienste des Rudolph von Falkenberg.«

»Oh.« Ihr Gesicht verfinsterte sich. »Ich habe Euch noch nie gesehen.«

»Ich stehe erst seit kurzem in seinem Dienst.«

»Ja, dann … muss man Euch wohl gratulieren«, sagte sie spitz.

»Ihr seid nicht sehr angetan vom Herren Rudolph?«

»Nun ist sein Knecht wohl nicht die rechte Stelle, um sich zu beklagen. Ich sage nur, dass man sich wohl überlegen sollte, welchem Herrn man dient.«

»Bitte, edle Frau, ich bitte Euch, mir zu vertrauen. Sagt mir, was Ihr damit meint.«

Sie zuckte die Schultern. »Nichts Konkretes. Mein Herz sagt mir nur, dass Rudolph nicht zu trauen ist. Er ist meine Familie, aber er ist ein durchtriebener Mensch. Er ist listig und unerbittlich für seine Ziele. Wär ich ängstlich, ich würde mich vor ihm fürchten.«

Niklas schwieg. Ursula schien nicht nur eine scharfe Zunge zu haben, sondern auch einen scharfen Verstand.

»Und Euer Onkel, der Ritter Konrad?«, fragte er.

»Mein Onkel, er mag seine Fehler haben, aber er ist ein guter Christenmensch.«

»Ist es mir erlaubt zu fragen, wie es dem Ritter geht?«

»Er ist noch schwach und hat Schmerzen, aber der Herr scheint Erbarmen mit ihm zu haben. Wahrscheinlich werden wir morgen oder übermorgen weiterreisen können.« Sie seufzte. »Nun gut, es freut mich, Eure Bekanntschaft gemacht zu haben, Niklas Helbling. Ich werde jetzt wieder ins Dorf zurückgehen.«

Niklas verbeugte sich, während sie aufbrach. Nachdenklich sah er ihr hinterher.

Auch die folgende Nacht brachte nichts als grüblerisches Wachliegen. Obwohl er diesmal sogar im Haus mit vollem Bauch in einem richtigen Bett lag. Seine Gedanken quälten ihn, das Gespräch mit der schönen Ursula ließ ihn nicht los. Konnte er tatenlos dabei zusehen, wie der gewissenlose Rudolph den guten Christenmenschen Konrad umbrachte? Auch wenn er selbst den Dolch nicht führte, klebte das Verbrechen nicht auch an seinen Händen? Kam man für so etwas nicht in die Hölle?

Doch schlimmer als der Gedanke ans Fegefeuer war die Angst, die ihn langsam und unaufhaltsam einnahm – Angst um sein eigenes Leben. Er war Mitwisser und Rudolph ein skrupelloser Mensch. Was sollte diesen daran hindern, sich früher oder später auch seiner zu entledigen?

Niklas hatte nicht gefrühstückt. Mit einem Giftmischer im Haus schmeckte ihm all das gute Essen nicht mehr. Wen würde es denn stören, wenn er plötzlich tot umfiele? Gestern hätte er die ganze Welt umarmen können, heute sah er hinter jeder Ecke Gevatter Tod lauern. So konnte es nicht weitergehen. Denk nach, Niklas Helbling, wo ist deine Gelegenheit geblieben?

Er zermarterte sich den Kopf. Er brauchte Verbündete oder besser eine Verbündete.

Schnell fand er Ursula von Falkenberg. Mit allem Mut, den er finden konnte, erzählte er ihr die ganze Geschichte und von seinem Dilemma, dass er Rudolph allein nicht aufhalten könne. Niemand würde seinen Anschuldigungen glauben. Doch er hoffe inständig, dass wenigstens Ursula, zum Wohle ihres Onkels, die Wahrheit erkenne. Diese schwieg und wiegte ihren Kopf hin und her. »Bei jedem anderen meiner Familie würde ich dich sofort mit Schimpf und Schande aus diesem Zimmer jagen, aber bei Rudolph ...«

Wieder Schweigen. Sie sah Niklas lange an und sagte schließlich: »Ich glaube dir. Aber du hast recht, so einfach wird dir niemand glauben. Nicht, dass mein Onkel seinen Cousin zu sehr schätzt, aber er ist immer noch Familie. Wir müssen uns etwas ausdenken und vielleicht fällt mir dazu etwas ein.«

Eine weitere Nacht lag Niklas unruhig im Bett. Um ihn herum schnarchten die Knechte, doch er versuchte es erst gar nicht mit Schlafen. Er wusste, wenn ihr Plan aufging, würde er gleich ein Klopfen hören.

Den halben Tag hatten er und Ursula darüber nachgedacht, was sie tun konnten. Die beste Möglichkeit schien ihnen, Rudolph auf frischer Tat zu ertappen. Denn was gab es für einen schöneren Beweis, als wenn Ritter Konrad mit eigenen Augen sah, wie Rudolph versuchte, seinen Trinkbeutel zu stehlen. Aber wie sollten sie Rudolph dazu bringen, es heute Nacht erneut zu probieren?

Ursula hatte die rettende Idee. Sie wusste, wovor es Rudolph graute und was ihn in Bedrängnis brachte. Es stand nämlich schon länger zur Debatte, dass der Ritter Konrad seinen Cousin an den Hof des Herzogs von Österreich schicken wollte. Rudolph war davon wenig begeistert. Offensichtlich sah er seine Zukunft mehr als Herr von Burg Falkenberg. Dazu spielte ihnen das Schicksal in die Hände: Da es Ritter Konrad wieder besser ging, sollte morgen der Abreisetag sein.

Also ging Niklas zu Rudolph mit der Behauptung, ein Gespräch zwischen Ursula und Ritter Konrad belauscht zu haben. Die beiden erzählten sich, dass es beschlossene Sache sei, dass Rudolph zum Herzog gehe. Sogar ein Bote sei schon nach Österreich losgeschickt worden. Gleich morgen wolle Konrad Rudolph den Befehl erteilen, direkt dorthin zu reisen, er solle nicht mehr zur Burg Falkenberg heimkehren.

Rudolph war sichtlich geschockt ob dieser Neuigkeit. Niklas' Stunde war gekommen. Er war schon immer ein geschickter Redner, aber jetzt sollte er sein Meisterstück ablegen. Ohne den geringsten Verdacht zu erregen, musste er Rudolph davon überzeugen, dass heute Nacht seine letzte Chance auf Burg Falkenberg war. Wenn er jetzt nicht handle, sei alles verloren. Rudolph biss an. Er instruierte Niklas, den Schlaftrunk in den Wein zu kippen, damit alle, Ritter Konrad eingeschlossen, in der Nacht friedlich schlummerten. Ursula hingegen sorgte dafür, dass der Ritter nichts von dem präparierten Wein trank.

Niklas dachte an Ursula. Sie war so klug und mutig und ihrem Onkel treu ergeben. Sie wollte heute Nacht selbst dabei sein und Rudolph entlarven, wenn er den Beutel von Konrad stahl. Deshalb war es ausgemacht, dass sie sich in der Nähe von Konrads Zimmer versteckte und auf Rudolphs Kommen wartete.

Plötzlich hörte Niklas ein Klopfen. Das war das Zeichen, Rudolph von Falkenberg verlangte nach seinen Diensten. Er verließ den Schlafraum und entdeckte Rudolph im Gang, mit einer Kerze in der Hand. Er sagte nichts, sondern ging einfach los, und Niklas folgte stumm.

In einer Kammer blieben sie stehen und Rudolph drückte Niklas verschiedene Tücher und Wollen in die Hand und noch eine große, dunkle Flasche. »Herr, ich verstehe nicht, holen wir jetzt nicht den Trinkbeutel von Ritter Konrad?«, fragte er irritiert.

»Schweig, du Narr. Das wird alles so nicht gehen. Heute Nacht werde ich es richtig machen. Ursula, die Schlange, die den Ritter gegen mich aufhetzt, wird ihren Preis zu zahlen haben. Ich habe sie heute Nacht hier herumschleichen sehen ...«

Niklas erschrak. Was hatte Rudolph mit Ursula gemacht?

»... ich habe die feine Dame wieder in ihr Schlafgemach geleitet und die Tür fest verschlossen, dass sie nicht erneut ihr Zimmer verlässt. Sie wird schon sehen, was sie davon hat, wenn sie nicht mehr aus dem Zimmer kommt. Brennen soll'n sie, brennen soll'n sie alle! Komm.«

Niklas taumelte los. Was war aus ihrem Plan geworden? War Rudolph vom Teufel besessen? Vor Konrads Schlafraum hielten sie an und Rudolph veranlasste Niklas, die Sachen, die er trug, auf den Boden zu legen.

»Nimm die Kerze und bleib einen halben Schritt hinter mir. Jetzt werde ich endgültig dafür sorgen, dass Konrad mir nicht mehr im Wege steht!«

Sie betraten das Zimmer. Im Bett schlief friedlich der Ritter. Rudolph lief sogleich auf das Bett zu, nahm ein Kissen und drückte es Konrad mit brachialer Gewalt ins Gesicht. Doch plötzlich bewegten sich Konrads Hände, sein ganzer Körper bäumte sich auf. Rudolph schien irritiert, dass Konrad nicht so betäubt war, wie er gedacht hatte. Konrad schaffte es, sich unter dem Kissen hervor zu kämpfen, erblickte seinen Attentäter und rief entsetzt: »Rudolph?!« Sofort nutzte dieser Konrads Bestürzung. Er versetzte ihm einen Faustschlag und drückte dann mit seinen Händen unerbittlich zu.

All dem schaute Niklas hilflos zu. Völlig versteinert stand er neben dem Bett, mit der Kerze in der Hand. Vor ihm Ritter Konrad, der um sein Leben kämpfte, und Rudolph von Falkenberg, ein stattlicher Mann, einen Kopf größer als er selber, dazu noch kriegserfahren und kampferprobt. Im Gang lagen die schlafenden Wachen, keiner, der ihm jetzt zur Hilfe eilen konnte. Er könnte hier stehenbleiben und die Dinge geschehen lassen, sein Leben war nicht direkt in Gefahr. Und wenn diese Nacht vorbei war, irgendwann fände sich die Gelegenheit, bei der er so weit und so schnell er nur konnte vor Rudolph davonlaufen würde. Nur Ritter Konrad und die schöne Ursula würden nicht davonkommen.

Mit Schrecken sah Niklas, wie Konrads Hände, die noch nach Rudolph griffen, schwächer wurden, langsam sanken. Rudolph keuchte und schwitzte von der Anstrengung, mit der er Konrad die Luft abschnürte. Bald würde alles vorbei sein, Konrads Lebenslicht für immer erloschen. Niklas konnte das nicht zulassen. Plötzlich sträubte sich alles in ihm. Er stellte die Kerze ab, griff sich einen Hocker und schlug ihn Rudolph über den Rücken. Der fiel kurz ihn sich zusammen, um sich einen Wimpernschlag später wutentbrannt nach dem Übeltäter umzudrehen.

»Was?! Du! Was willst du kleiner Tor von mir?« Er lachte hämisch und zog sein Schwert aus der Scheide.

Niklas wich einen Schritt zurück. Sein Blick raste zur Tür: War es möglich, an Rudolph vorbei zu fliehen? Doch in der Tür stand Ursula mit weit aufgerissenen Augen.

Rudolph kam weiter auf ihn zu. Niklas wich zurück, bis die Wand ihn stoppte. Rudolph hob das Schwert zum letzten Stoß! Niklas riss die Hände vors Gesicht, ihm stockte der Atem, das Herz blieb stehen, Ende, aus, alles vorbei …

Als Rudolph auf ein Holzstück, das vom Hocker abgesplittert war, trat und ins Straucheln kam. An einem Regal an der Wand wollte er sich festhalten, aber seine Hand rutsche ab und er kippte weiter nach vorne. Der Ruck jedoch brachte einen großen, schweren Krug auf dem Regal ins Wanken. Und er fiel, der Krug, in Rudolphs Nacken und zertrümmerte unter lautem Krachen dessen Schädel.

Niklas blieb wie erstarrt über dem toten Rudolph stehen. Er fasste sich an die Brust, die nicht von einem scharfen Schwert zerstückelt worden war. Er konnte es nicht begreifen. Was war eben geschehen? Er blickte mit heruntergeklapptem Unterkiefer zum Bett herüber, wo Ursula bei Ritter Konrad stand. Welche Freude, der Ritter bewegte sich, er lebte! Niklas fiel ein ganzer Mühlenstein vom Herzen.

Konrad richtete sich langsam auf und versuchte aufzustehen. Er wirkte sehr durcheinander. »Ich verstehe nicht, Ursula, mein liebes Kind. Wer ist dieser junge Mann?«

»Das ist Niklas Helbling, Onkel. Er war Rudolphs Knecht, aber hat sich aus Treue zu Euch gegen Rudolph gestellt und hat hier mit ihm gekämpft. Äußerst tapfer und mutig, ohne Waffen hat er gekämpft und den großen Rudolph eigenhändig erschlagen.«

»Oh«, sagte Konrad und drehte sich zu Niklas, der nach Ursulas

Worten verdattert vor der Wand stand. »Nun, Niklas Helbling, wenn Ihr mir so treue Dienste erwiesen habt, soll es Euch auch vergolten werden. Ich möchte Euch bitten, in meine Dienste zu treten, es soll Euer Schaden nicht sein.«

Niklas verbeugte sich. »Ich danke Euch, mein Herr. Gerne will ich Euer Angebot annehmen.«

Konrad ging nachdenklich zum Körper des toten Rudolphs hinüber, während Niklas auf Ursula zutrat. »Edle Ursula, nun schmeicheln mir Eure Worte, aber habt Ihr nicht ein wenig übertrieben? War es nicht eher Gottes Werk, das Rudolph zu Fall gebracht hat?«

»Alles ist wohl Gottes Werk und wir sein Werkzeug. Ihr hattet Eure Gelegenheit und habt sie gut zu nutzen gewusst.«

»Aber eines müsst Ihr mir noch verraten. Wie seid Ihr aus Eurem Zimmer gekommen? Ich dachte, Rudolph hätte Euch eingesperrt.«

»Was denn, Herr Helbling? Meint Ihr wirklich, Ihr seid der einzige auf der Welt, der ein Schloss ohne Schlüssel öffnen kann?«

Niklas lachte.

Vom Ufer der gezählten Möglichkeiten

Er lebte unter den Schatten, unter den Bäumen, tief in der Dunkelheit verborgen. Alles Vergangene hatte er verloren. Er saß auf dem Boden, lehnte an den mächtigen Stämmen – und saß und wartete in Unendlichkeit, bis sich auch das Jetzt auflöste und er mit den Schatten verschwamm. Oder er lag auf der weichen, warmen Erde, sanft eingebettet zwischen den Wurzeln. Schaute er nach oben durch die schwarzen raschelnden Blätter, so sah er in das tiefe leuchtende Blau, bis er im Azur aufging und alles Sein verschwand.

Manchmal glaubte er, dass es regnete. Er spürte eine Feuchtigkeit auf seiner Haut. Ahnte, wie Tropfen von den Blättern auf seinen Körper perlten. Atmete die warme, feuchte Luft in gleichmäßigen Zügen.

Er fühlte ein Kribbeln auf seiner Haut. Als ob etwas über seinen Körper huschte. Doch immer, wenn er hinsah, war dort nichts. Nichts war zu fassen, trotzdem war er nicht allein. Er hörte Leben. Es raschelte, summte, vibrierte. Unbestimmte Geräusche, ganz dicht bei ihm oder ein Ton weit aus der Ferne, weiter als der Schattenwald, schlängelte sich wie ein Wassertropfen langsam seinen Gehörgang hinunter.

Eine schnelle Bewegung in seinen Augenwinkeln. Er schaute sich um, entdeckte aber nie mehr als die Blätter, die die Erinnerung an eine flüchtige Berührung noch in sich trugen.

Alles um ihn herum lebte. Schatten, die nach ihm sahen und ihn aus der Ferne beobachteten. Dunkle Schemen, grazil und durchscheinend, mit langen fiedrigen Armen, die fast den Boden berührten. Sie fügten sich wortlos in die Dunkelheit ein; verschmolzen und lösten sich von den Bäumen, wie es ihnen beliebte, blickten ihm stumm hinterher. Sie waren für ihn nicht anders als die Bäume und die Dunkelheit selbst, sie gehörten dazu, so wie er Teil des Ganzen war.

Es kam vor, dass er aufstand. Dann verließ er die Bäume und die Dunkelheit und trat an das Ufer des Wassers am Ende des Tals. Weit lag es vor ihm, ausgebreitet zwischen den Hügeln. Es schimmerte grünlich und ließ ihn nichts erkennen. Es spiegelte nichts, wenn er sich nach vorne beugte und seine dürren, bleichen Arme in das Grün eintauchte. Doch wenn es durch seine Hände floss, war es schillernd und klar.

Dann sah er hoch und blickte in das helle, magische Licht, das am Anfang des Wassers lebte. Für einen Moment fühlte er etwas, etwas regte sich in ihm, etwas, das er lange nicht mehr gekannt hatte. Er wollte zum Licht!

Bis das Licht ihm zu nah kam, immer näher, und es ihm zu hell, zu intensiv wurde und er zurückwich. Er zog sich unter die Bäume zurück, bis alles um ihn herum wieder dunkel und friedlich war und er sich langsam in den Schatten auflöste.

Er liegt auf der Erde. Ein Rattern, irgendwo in der Ferne. Es riecht nach Grün. Es ist sehr warm. Verwirrend warm. Er kennt diese Intensität nicht. Das Gefühl wird immer stärker. Heiß! Es brennt auf seiner Haut! Erschrocken schaut er an sich herunter, aber er kann nichts sehen. Doch das Brennen lässt nicht nach.

Er springt auf, läuft instinktiv aus dem Wald und zum Wasser. Er taucht seine Hände, seine Arme ein, besprengt seinen ganzen Körper, aber das Brennen hört nicht auf. Er setzt einen Fuß ins Wasser. Nie hat er das getan. Aber die Hitze und das Feuer auf seiner Haut zwingen ihn, auch den anderen Fuß hineinzusetzen.

Das Wasser reicht ihm bis ans Knie. Er schreitet voran. Er muss ins Tiefe gehen, bis das Wasser seinen Körper einhüllt und das Brennen löscht.

Doch das Wasser wird nicht tiefer. Er geht immer weiter ins Nass und dabei auf das Licht zu. Er will nicht so nah an das Licht. Viel zu grell, aber das Brennen treibt ihn an. Es ist so grell, so stechend grell …

Plötzlich kommt das Licht auf ihn zu. Alles ist nur noch ein Brennen, ein Feuer, das Gleißen schließt ihn ein.

Mit einem Mal wird alles klar. Er sitzt im Garten, die Sonne scheint ihm direkt ins Gesicht. Er hört das Knattern eines Rasenmähers, eine Fliege sitzt auf seiner Hand. Er sieht eine Frau an einem Tisch voller Blumen stehen. Es ist seine Schwester.

Er ist ... Christoph.

Sie kommt auf ihn zu.

»Oje, du sitzt ja ganz in der Sonne.« Sie berührt seinen Arm. »Dir ist bestimmt ganz schön warm. Ich werd dich ein bisschen in den Schatten schieben.«

Er spürt, wie der Stuhl ruckelt und sich in Bewegung setzt. Sein Kopf kippt und er blickt auf seine dünnen weißen Beine.

»Schon besser.« Sie stellt den Stuhl fest und richtet ihn wieder auf. Sie lächelt ihn an und streichelt ihm kurz über die Wange. Dann dreht sie ab und geht zum Tisch zurück.

Er versucht etwas zu sagen. Doch alles, was er zustande bringt, ist ein winziges, merkwürdiges Stöhnen. Er versucht etwas zu bewegen. Seinen Kopf, die Beine, einen Finger. Es ist alles so anstrengend. Er glaubt, dass sein Finger gezuckt hat, aber es ist alles so unglaublich schwer.

Das Knattern des Rasenmähers kommt wieder näher, wird quälend laut, bohrt sich in seinen Schädel. Es ist alles dermaßen laut, derart grell, derart unerträglich hier. Er will nicht hier sein. Er will wieder zurück. In sein Tal, unter seine Bäume – in seinen Schattenwald.

Er stöhnt leise auf und ist fest entschlossen: Er will zurück!

Vor seinen Augen wird es finster. Er geht einen Schritt nach hinten, aus dem Wasser heraus. Er steht wieder am Ufer des Wassers, das Licht in weiter Ferne.

Er atmet aus und schaut hinunter auf das Wasser zu seinen Füßen. Sein Gesicht spiegelt sich auf der Oberfläche. Er sieht zufrieden aus.

Er geht zurück in den Wald. Bald ist er wieder von den Bäumen umschlossen. Er bleibt stehen und lehnt sich an einen dicken Stamm. Er fühlt die knarzige Rinde, endlich ist alles, wie es immer war.

Er will sich gerade setzen, als er einen der Schatten entdeckt. Die langen Spinnenfinger im Geäst verwoben, klebt er zwischen den

Stämmen und starrt ihn aus leeren Höhlen an. Es ist nicht anders, als es immer war, trotzdem geht er dieses Mal auf den Schatten zu. Er folgt ihm, als dieser sich in der Dunkelheit auflöst und ein Stück weiter erneut erscheint.

Die Gestalt führt ihn aus dem Wald. Er steht auf einem Hügel, auf einer großen, bunten Wiese. Das Gras reicht ihm bis ans Knie. Über ihm ein mit Wattewolken besetzter Himmel.

Er kennt diese Wiese. Bilder kehren zurück. Am Grunde der Wiese entdeckt er ein spielendes Kind. Ein Lachen kommt zu ihm herauf. Es ist seine Schwester.

Er schaut sich um. Er sieht den Schattenwald und durch den Wald hindurch das leuchtende Tal und am Ende das Licht. Es ist sanft und warm und schreckt ihn nicht mehr. Aber erst will er weiter entdecken. Unten am Hügel erkennt er das Haus seines Großvaters.

Er lächelt und geht die Wiese noch ein Stück hinunter.

Stromtrasse

Das SEK war innerhalb von einer Stunde vor Ort. Anne Kremer beobachtete, wie die Männer sich in dem beschaulichen Ort mitten im Grünen verteilten und vor dem Einfamilienhaus in Position brachten. Ihr Kollege, Hauptkommissar Paul Stewinski, sprach mit dem Einsatzleiter. Paul winkte sie heran. »Anne, das sind Michael Keil vom SEK und Nina Westkamp, die Psychologin. Meine Kollegin, Anne Kremer, sie hat hauptsächlich mit dem Geiselnehmer zu tun gehabt.«

Sie schüttelten sich die Hände.

»Und, Frau Kremer«, sprach die Psychologin sie direkt an, »wie schätzen Sie die Situation ein? Denken Sie, dass Peter Dorn seiner Familie tatsächlich etwas antun könnte?«

Anne seufzte und schaute zu dem Haus hinüber, in dem Peter Dorn sich mit seiner Waffe, seiner Frau, den zwei Kindern und dem Nachbarn, Markus Thelen, verschanzt hatte. »Ich weiß es nicht. Aber, eigentlich, ich denke eher nicht. Er ist verzweifelt und ein angeschlagener Mensch, aber wenn man ruhig mit ihm bleibt, haben wir eine gute Chance, alle heil aus dieser Sache zu bekommen.«

Die Psychologin nickte und drehte sich mit Michael Keil wieder zu den anderen Mitgliedern der Spezialeinheit. Paul zog ratlos die Schultern hoch und setzte sich dann in den Einsatzwagen, während Anne neben der aufgeschobenen Tür stehenblieb. Viel gab es für sie beide im Moment nicht mehr zu tun. Das Team des Einsatzkommandos hatte vollständig übernommen. Mit einem Kopfschütteln schaute Anne wieder zum Haus. Es war unglaublich, welche Wende dieser Fall genommen hatte. Es war gerade eine Woche her, dass sie nach Raasdorf gerufen worden war. Ein paar Straßen weiter war Rainer Berger mit zwei Schüssen in der Brust in seinem Wohnzimmer gefunden worden. Rainer Berger, der mit Leichtigkeit den Wettbewerb zum unbeliebtesten Einwohner Raasdorfs gewonnen hätte. Denn in Raasdorf ging es entgegen dem idyllischen Anschein hoch her. Letztes

Jahr hatte der Netzbetreiber Amprion bekannt gegeben, parallel zur Starkstromtrasse, die schon jetzt quer durch den Ort führte, eine weitere Trasse zu bauen. Die neue Trasse sollte im Sinne der Energiewende helfen, den Strom, der in den Offshore Windparks im Norden produziert wird, nach Süden zu transportieren. Nur waren dafür Strommaste geplant, die fast das Doppelte an Höhe wie die jetzigen maßen. Schnell formte sich der Protest. Es wurde eine Bürgerinitiative »Pro-Erdkabel-Raasdorf« gegründet, die verlangte, statt der gigantischen Maste die Leitungen unterirdisch zu verlegen. Der Netzbetreiber lehnte aus Kostengründen ab. In Kürze sollte das Planfeststellungsverfahren eröffnet werden. Es war mehr als fraglich, ob die Bürger sich mit ihrem Antrag durchsetzen konnten.

Rainer Berger hatte seit seiner Lehre vor zwanzig Jahren für Amprion gearbeitet. Er war die ersten Jahre noch selbst hinausgefahren und hatte Stromleitungen gewartet, bis er den Blaumann gegen einen Anzug tauschte und in die Büros wechselte. Amprion hatte die Idee, weil Rainer in Raasdorf aufgewachsen war und immer noch dort lebte, ihn als Vertreter der Firma einzusetzen. In seinem Wohnzimmer führte er die Verhandlungen über die Entschädigungszahlungen mit den Anwohnern, die direkt von dem Projekt betroffen waren. Auf den Bürgerversammlungen vertrat er die Position seiner Firma. Dieses ließ seine Beliebtheitswerte stetig sinken. Anne erschwerte es die Arbeit. Sie hatte ein Dorf, in dem fast jeder ihr Mordopfer hasste. Hinzu kam, dass Raasdorf einen äußerst aktiven Sport- und Schützenverein hatte. Fast jeder dieser angesehenen Bürger wusste mit einer Waffe exzellent umzugehen – ein Traum für jeden Kriminalisten. Doch trotz mehrerer Durchsuchungen blieb die Tatwaffe verschwunden. Auch die erkennungsdienstlichen Ermittlungen brachten sie nicht weiter. Es wurden zwar jede Menge Fingerabdrücke gefunden, aber keine, die nicht zu erklären waren. Nur eins war ziemlich klar: Rainer Berger hatte seinen Mörder gekannt und ihn selbst ins Haus gelassen.

Doch nach ein paar Tagen kamen sie an einem Verdächtigen nicht mehr vorbei: Peter Dorn, der in diesem Augenblick vielleicht darüber nachdachte, in welcher Reihenfolge er seine Familie und sich erschießen sollte.

Peter Dorn, 45 Jahre alt, verheiratet mit Miriam Dorn seit vierzehn Jahren, zwei Kinder, acht und zehn Jahre alt. Früher bei Amprion angestellt, doch seit einem Arbeitsunfall vor acht Jahren erwerbslos, stritt um die Anerkennung einer Berufs- und Frührente. Mitglied im Schützenverein und Gründer und Vorsitzender der Bürgerinitiative »Pro Erdkabel«. Es war sein Name, der den Leuten als Erstes einfiel, wenn man sie nach Rainer Bergers Feinden fragte.

Plötzlich klingelte Annes Handy: Mike, ihr Lebensgefährte. »Hey, ich wollte nur sicher gehen, dass du gleich Max von der Schule abholst und zum Training bringst.«

»Mist!«, fluchte sie. »Das habe ich total vergessen. Ich bin gerade mitten in einem Einsatz.«

»Nicht schlimm. Ich kann's machen. Aber denk ans Essen heute Abend, ich muss nachher noch kurz zu Mama. Bis dann, ich liebe dich.«

»Bis dann.« Das Essen hatte sie auch vergessen. Heute war sie an der Reihe mit Einkaufen und Kochen. Wie sollte das alles noch klappen? Warum konnte nicht einmal alles nach Plan laufen? Vielleicht hätte sie ihm direkt sagen sollen, dass sie hier wohl noch den ganzen Tag feststeckte.

Sie blickte auf das Haus mit den heruntergelassenen Rollladen. Was für eine absurde Situation! Während sie sich ärgerte, dass sie keine Zeit fürs Abendessen hatte, spielte sich dort drinnen eine Familientragödie ab.

Sie dachte an ihr Gespräch mit Petra Becker, die sie als eine der Ersten ins Präsidium bestellt hatte.

»Frau Becker, ich habe Sie heute hierher kommen lassen, weil ich mit Ihnen über Rainer Berger sprechen wollte. Sie haben doch mit ihm die letzten Jahre zusammengearbeitet, da lernt man sich doch kennen.«

»Das lässt sich wohl nicht vermeiden, wenn man sich ein Büro teilt.«

»Was war Rainer Berger für ein Mensch?«

»Puh, was für eine Frage.« Petra Becker schien ins Grübeln zu kommen. »Rainer … ja … eigentlich war er ein ganz lockerer Typ.

Für meinen Geschmack vielleicht manchmal ein bisschen zu sehr von sich eingenommen. Aber er hatte wirklich was an sich, er hatte schon einen gewissen Charme.« Sie seufzte.

»Er hatte also einen Schlag bei Frauen.«

»Na ja, er sah ja auch nicht schlecht aus.«

Anne betrachtete Petra Becker, wie sie in ihrem Hosenanzug mit übereinandergeschlagenen Beinen vor ihr saß und der rechte Fuß unaufhörlich auf und ab wippte.

»Sind Sie seinem Charme auch erlegen?«, fragte Anne ohne Umschweife.

»Nun ja, ich muss zugeben, das ist aber auch ein paar Jahre her. Ich denke, wir waren beide darüber hinweg.«

»Haben Sie sich in letzter Zeit noch privat getroffen?«

»Nein, nur noch im Büro.«

»Hatte er eine Freundin oder sich mit jemandem getroffen?«

»Davon weiß ich nichts. Allerdings war unser Verhältnis auch nicht mehr so eng.«

Anne nickte und wollte eine weitere Frage stellen, als Petra Becker plötzlich nachsetzte: »Aber in letzter Zeit … Rainer hat sich irgendwie verändert.«

»Wie meinen Sie das?«

»Er war irgendwie nachdenklicher, stiller. Und manchmal sagte er, dass er auf alles keine Lust mehr habe und am liebsten alles hinschmeißen wolle. Es hätte mich nicht gewundert, wenn mir eines Tages jemand erzählt hätte, dass der Rainer seine Koffer gepackt hat und weg ist.«

»Haben Sie eine Idee, warum er sich so verändert hat?«

»Na ja, es ist ja schon einiges bei ihm im letzten Jahr passiert. Erst stirbt sein Vater, dann zieht er wieder bei seiner Mutter ins Haus und wenig später stirbt auch die Mutter. Und dann diese ganze Geschichte mit dem Dorf …« Petra Becker rutschte unwirsch auf ihrem Stuhl hin und her und stieß dabei gegen Annes Tisch. »'tschuldigung, aber die Sache regt mich wirklich auf. Besonders jetzt, wo Rainer … Wenn ich nur daran denke, dass einer dieser Spinner ihn auf dem Gewissen hat!«

»Sie denken, es war einer aus dem Ort?«

»Natürlich, was sonst? Einer von den Spinnern ist durchgedreht. Sie hätten mal erleben sollen, wie die ihn angefeindet haben. Bei diesen Versammlungen. Und dann war einmal die Luft aus seinen Reifen und sein Haus mit Mist beschmiert. Das ist doch alles nicht normal!« Sie schüttelte den Kopf. »Sehen Sie, alle wollen eine Energiewende, aber wenn wir wegen den Windparks neue Leitungen bauen müssen, geht das Drama los.«

»Nun ja, es geht ja nicht grundsätzlich gegen neue Leitungen, sondern eher um die Frage, ob über oder unter der Erde.«

»Klar, dann sollen die Leute einen höheren Strompreis bezahlen, dann können wir alles unterirdisch verlegen.« Petra Becker holte tief Luft. »Jedenfalls mit Rainer, das war ganz komisch. Ich wäre an seiner Stelle total aggressiv geworden, wäre weggezogen oder hätte dieses ganze verdammte Dorf in Brand gesteckt, aber er hat das den Leuten nicht übel genommen. Er hat sich immer mehr zurückgenommen und ist so nachdenklich geworden.«

»Sagen Sie, kennen Sie Peter Dorn?«

»Peter Dorn, den Oberspinner von der Bürgerinitiative? – Flüchtig, er hat ja ganz früher bei Amprion gearbeitet, und natürlich von den Bürgerversammlungen. Denken Sie, dass *der* Rainer erschossen hat? Die haben ja alle eine Waffe in dem verrückten Dorf!«

»Also im Moment denken wir noch gar nichts. Wir sammeln erst mal Beweise und Aussagen. Wissen Sie etwas über den Unfall von Peter Dorn?«

»Nicht viel. Peter, Rainer und noch einer … Thelen …«

»Markus Thelen, der Nachbar von Peter Dorn«, half ihr Anne.

»Ja, die drei waren auf Montage. Peter Dorn macht irgendetwas falsch, er bekommt einen Stromschlag, stürzt und hat seitdem diese Behinderung. Und Jahre später fängt er plötzlich an zu behaupten, dass Rainer an dem Unfall schuld sei. Dabei hat Peter nicht einmal mehr eine Erinnerung an den Unfall. Er weiß gar nicht, was passiert ist. Der sucht doch nur einen Schuldigen, dem er sein verkorkstes Leben anhängen kann. Ein total kaputter Typ.«

Ein total kaputter Typ, Petra Beckers Worte hallten in Annes Kopf nach, als sie einen Schritt vom Einsatzwagen zur Seite trat. Hätte sie vielleicht ahnen müssen, dass sich Peter Dorn nicht einfach verhaften lassen würde, dass er jemand war, der nichts mehr zu verlieren hatte?

Gestern hatten sie endlich die Tatwaffe in einem nahen Waldstück gefunden: eine nicht registrierte Waffe, verkauft auf einem Waffenmarkt in Belgien, konnte diese mittels eines EC-Belegs mit Peter Dorn in Verbindung gebracht werden.

»Frau Kremer«, rief plötzlich jemand, »Frau Kremer, schnell!« Der Einsatzleiter stürzte auf sie zu. »Peter Dorn will mit Ihnen reden.« Er hielt ein Handy hoch und sah sie eindringlich an. »Frau Kremer, ich weiß, das ist nicht unbedingt Ihr Fachgebiet, aber Sie müssen auf Peter Dorn eingehen. Er darf auf keinen Fall in Panik geraten.« Michael Keil gab ihr das Telefon.

»Hallo?«

»Frau Kremer?«

»Ja.«

»Hier ... hier ist Peter Dorn. Ich muss unbedingt mit Ihnen reden.«

»Ja.« Anne fühlte sich unsagbar hilflos.

»Frau Kremer, ich muss mit Ihnen reden. Ich weiß nicht, was ich tun soll. Sie müssen zu mir kommen.«

»Ins Haus?«

»Ja – Sie müssen kommen.«

»Nein, ich weiß nicht. Kommen Sie raus, Herr Dorn, ich verspreche Ihnen, hoch und heilig, Sie werden mir alles erzählen können. Ich werde Ihnen zuhören.«

»Nein, nein«, seine Stimme wurde verzweifelter und Anne brach der Schweiß aus. »Herr Dorn, dann lassen Sie wenigstens Ihre Kinder gehen. Sie wollen doch auch nicht, dass den Kindern etwas passiert.«

Schweigen am anderen Ende der Leitung.

»Herr Dorn?«

»Kommen *Sie* die Kinder holen?«

»Wenn Sie das wollen.«

»Gut, ich mache Ihnen die Tür auf.« In der Leitung knackte es: Peter Dorn hatte aufgelegt.

Anne blieb wie angewurzelt stehen. Sie sah in die entsetzten Gesichter von Michael Keil und von Paul.

»Anne, du kannst doch da jetzt nicht reingehen«, begann Paul.

»Ihr Kollege hat recht. Sie sind für solche Einsätze nicht ausgebildet, ich kann Sie da nicht reinlassen.«

»Anne, sag was.« Paul berührte ihren Arm.

Anne fand langsam wieder zu sich. »Ihr könnt mir alle glauben, es gibt tausend Dinge, die ich jetzt lieber tun würde, als in dieses Haus zu gehen, aber offensichtlich vertraut mir Peter Dorn, und nur mir. Und die Kinder da jetzt rauszubekommen, ist doch das Wichtigste.«

Michael Keil schien wenig überzeugt. Anne wandte sich direkt an ihn. »Sehen Sie, wenn ich ihn überreden konnte, die Kinder rauszulassen, dann ist das doch ein Zeichen, dass er noch verhandlungsbereit ist. Vielleicht kann ich ihn überzeugen, ganz aufzugeben.«

»Gut.« Michael Keil wirkte auf einmal sehr entschlossen. »Auch wenn sich alles in mir sträubt, das ist vielleicht die beste Chance. Aber seien Sie bloß vorsichtig, regen Sie ihn nicht auf!«

Anne nickte. Michael Keil ging zum Wagen und holte eine schussichere Weste für sie. Während sie diese anzog, versuchte ihr die Psychologin noch zu helfen. Sie gab sich alle Mühe, sich auf deren Ratschläge zu konzentrieren, aber in ihrem Kopf pochte und rauschte es. Sie hatte gerade eine große Rede geschwungen; sicher war nichts wichtiger, als die Kinder zu retten, aber in diesem Moment wollte sie nur ihre Beine in die Hand nehmen und so schnell wie möglich davonlaufen. Stattdessen trugen ihre Beine sie jetzt in Richtung des umstellten Hauses. Sie drückte die Klingel.

»Herr Dorn, ich bin da.«

Langsam ging die Tür ein Stück auf. Anne trat in den dunklen Flur.

»Herr Dorn?« Sie sah einen Schatten hinter der Tür.

»Bleiben Sie stehen.« Anne hörte die Tür ins Schloss fallen und rührte sich nicht.

»Es tut mir leid«, sagte er und kam langsam näher, »ich will nur sichergehen, dass Sie keine Waffe tragen.«

Auf einmal spürte Anne seine Hand an ihrem Körper. Sie erstarrte. In ihre Nase drang starker Schweißgeruch. Er zog seine Hand zurück und bewegte sich von ihr weg. Plötzlich ging das Licht an.

Anne drehte sich um. An der Tür stand Peter Dorn, strähnig und verschwitzt, mit der Waffe in der Hand, die aber zumindest auf den Boden zeigte. Anne versuchte, ihren flattrigen Atem unter Kontrolle zu bringen und sich auf ihre Aufgabe zu konzentrieren. »Wo sind die Kinder?«, fragte sie.

»Dort drüben.« Er deutete auf die nur angelehnte Tür am Ende des Flurs.

Anne ging auf die Tür zu und öffnete sie vorsichtig. Im Kinderzimmer saß Miriam Dorn auf dem Bett, fest an ihre Kinder geklammert, die zu beiden Seiten an ihr hingen.

»Frau Dorn, ich werde die Kinder jetzt rausbringen.« Doch Miriam Dorn schien sich nicht von den Kindern trennen zu wollen.

»Frau Dorn, bitte.«

Miriam Dorn stand mit den Kindern auf und bewegte sich langsam zur Tür.

»Gib sie der Frau!«, herrschte Peter Dorn sie plötzlich an.

Miriam Dorn blickte ihren Mann an. In ihr Gesicht, das bis eben wie aus Stein gewesen war, kam mit einem Mal Bewegung. »Peter, bitte, lass mich mit ihnen gehen«, schluchzte sie.

»Du bleibst hier«, blieb er hart und drängte die Kinder zu Anne. Anne spürte, wie es den größeren Jungen zu seiner Mutter zurückzog, während das Mädchen steif neben ihr stand. Schnell packte sie die beiden und schob sie den Flur hinunter. Sie öffnete die Eingangstür einen Spalt und rief laut: »Die Kinder kommen jetzt raus!«

Sie drückte die Kinder durch den Spalt nach draußen, in Richtung der wartenden SEK-Beamten. Sie stand an der Tür – ein Schritt nach vorne und sie hätte das Haus verlassen. Sie warf einen Blick zurück auf Peter Dorn, der schräg hinter der Tür kauerte. »Frau Kremer, bitte gehen Sie nicht, ich muss mit Ihnen reden.«

Anne zögerte. Peter Dorn war am Ende. Er war am Ende und suchte die rettende Hand. Sie dachte an Miriam Dorn, die immer noch in dem Haus war.

»Ich bleibe im Haus. Es ist alles in Ordnung«, rief sie den Kollegen draußen noch zu, bevor sie die Tür hinter sich schloss.

»Danke, Frau Kremer. Sie müssen mir glauben, ich war's nicht.

Ja, die Waffe ist meine, aber ich war's nicht. Etwas läuft hier ganz furchtbar schief.«

»Ich glaube Ihnen, aber das, was Sie hier veranstalten, ist doch keine Lösung. Bitte geben Sie mir die Waffe und es wird sich alles klären.«

Er reagierte nicht. Anne versuchte, in seinem Gesicht zu lesen, was in ihm vorging. Hatte sie eine Chance, dass er jetzt aufgab? Ganz vorsichtig machte sie einen Schritt auf ihn zu. Doch plötzlich kam wieder Leben in ihn. Er schüttelte sich, riss die Hand mit der Waffe hoch und schrie:»Bleiben Sie weg! Es geht nicht! Bleib weg!«

Annes Herz setzte aus. Sie erinnerte sich an die Worte der Psychologin:»Machen Sie alles, nur regen Sie ihn bloß nicht auf!« Das hatte sie ja hervorragend hinbekommen.

Peter Dorn zielte weiter mit der Waffe auf sie.»Gehen Sie da runter. Gehen Sie ins Wohnzimmer.«

Anne folgte seinen Anweisungen. Auch Miriam Dorn war in der Zwischenzeit ins Wohnzimmer gewechselt. Das Gesicht in den Händen versteckt, saß sie auf der Couch und weinte stumm. Auf dem Sessel neben ihr hockte der Nachbar, Markus Thelen, an den Anne gar nicht mehr gedacht hatte. Der arme Kerl war einfach nur zur falschen Zeit auf Besuch bei seinen Nachbarn gewesen und so in diese Familientragödie hineingerutscht. Anne setzte sich zu Miriam auf das Sofa. Peter Dorn ging zum Esstisch hinüber. Mit leichten Mühen nahm er auf einem der Stühle Platz. Seit dem Unfall war seine linke Körperhälfte nicht mehr voll funktionsfähig. Er legte die Waffe vor sich auf den Tisch.

Was für eine festgefahrene Situation! Anne rieb sich den Nacken. So eine Geiselnahme war eine Geduldsprobe und konnte sich über Stunden ziehen, ohne dass wirklich etwas passierte. Noch vor ein paar Minuten hatte sie geglaubt, alles unter Kontrolle zu haben, gedacht, Peter Dorn ließe sich von ihr überzeugen. Wie hatte sie glauben können, dass jemand wie sie, die die meiste Zeit hinterm Schreibtisch im Büro saß, so eine heikle Lage meistern konnte?

Sie schaute zur Seite auf Miriam Dorn, die jetzt nicht mehr weinte, sondern Löcher ins Laminat starrte. Die arme Frau. Vielleicht hätte sie ihren Mann doch besser verlassen sollen. Sie hatte eine Affäre, so viel wusste Anne. Eine Nachbarin hatte sie beim letzten Dorffest abseits der Feier beim Schäkern erwischt, nur leider hatte diese Frau den Mann dank einer üppigen Hecke nicht sehen können. Mit wem betrog sie ihren Mann?

Vielleicht der Klassiker? Anne blickte auf Markus Thelen. Hatte sie eine Affäre mit dem Nachbarn und guten Freund des Hauses? Allerdings, wenn Anne die beiden beobachtete, mussten sie extrem gute Schauspieler sein. Nichts deutete darauf hin, dass Markus Thelen an Miriams Leiden Anteil nahm oder Miriam bei ihrem Nachbarn Unterstützung suchte.

Ein anderer, verwegener Gedanke kam Anne in den Sinn: Und wenn es Rainer Berger war? Rainer Berger, der Frauenheld? So absurd war die Idee noch nicht einmal. Vor Urzeiten waren Rainer und Miriam ein Paar gewesen. Wie Miriam selbst zu Protokoll gebracht hatte, hatte er sie unzählige Male betrogen, bis sie die Beziehung beendete. Nur wenn man allen Aussagen, die Anne gesammelt hatte, glauben durfte, hasste Miriam Dorn Rainer Berger. Anne hatte mindestens so viele Leute, die dieses bezeugen konnten, wie sie es von Peter Dorn taten. Warum nicht Miriam? Bis jetzt war Peter Dorn immer ihr Favorit gewesen, aber Miriam hätte mit der Waffe ihres Mannes genauso schießen können. Und wenn *er* kein Alibi hatte, weil er unten im Keller schlief und sie oben im Schlafzimmer, dann hatte sie auch kein Alibi. Bei der letzten Bürgerversammlung vor zwei Wochen war es zu einem heftigen Streit zwischen Rainer Berger und Peter Dorn gekommen. Zum Schluss wurde es sogar handgreiflich zwischen den beiden Kontrahenten. Doch wie war der Streit derart eskaliert? Anne erinnerte sich an die Zeugenaussagen: Miriam hatte zuerst angefangen, Rainer zu beschimpfen, bis Rainer konterte und Miriam vor der ganzen Dorfgemeinschaft aufs Übelste beleidigte. Vielleicht der Tropfen, der das Fass zum Überlaufen brachte und Miriams Wut ins Unermessliche steigerte. Sie betrieb ein kleines Wellness-Studio mit Hang zur Esoterik im Keller. Kaum zu glauben, dass die an Erdstrahlen und Energiebahnen glaubende Klientel weiterströmte, wenn ihr demnächst ein siebzig Meter hoher Strommast vor die Tür gesetzt wurde.

Plötzlich ging Annes Handy los. Alle Blicke richteten sich auf sie. »Mein Handy«, murmelte sie entschuldigend und griff in ihre Tasche. Es war Tessa Özcan, eine Kollegin von der kriminaltechnischen Untersuchung, die Anne um einen Gefallen gebeten hatte. »Kann ich rangehen?«, fragte Anne vorsichtig. »Es könnte wichtig sein.« Peter Dorn zuckte mit den Schultern.

»Ja, Tessa?«

»Hallo, Anne. Wie geht's? Ich wollte dir nur sagen, was ich rausbekommen habe. Der Gefallen, du weißt schon. Dafür schuldest du mir etwas.«

Sie sprach ganz locker. Offensichtlich hatte sich Annes prekäre Lage noch nicht bis zu ihr herumgesprochen.

»Bitte, Tessa, es ist gerade schlecht. Sag mir schnell, was es gibt.«

»Also, du hattest mich ja gebeten, den Unfall von Peter Dorn noch mal durchzugehen. So wie der Unfall in den Akten steht, kann es nicht passiert sein.«

»Sondern wie?«

»Wie genau, kann ich dir leider nicht sagen, oder vielmehr noch nicht. Was ich weiß, dass es so, wie Rainer Berger und Markus Thelen es beschrieben haben, nicht gewesen sein kann. Das stimmt nicht mit Peter Dorns Verletzungen überein.«

»Ich danke dir. Ich muss jetzt Schluss machen.« Anne legte ihr Handy zur Seite.

»War es was Wichtiges?« Peter Dorn war aufgestanden.

»Nein«, log sie. »Es ging nur um ein paar Details. Nichts was uns im Moment weiterbringen würde.« Peter Dorn setzte sich wieder.

Anne sah zu Markus Thelen. Zu gerne würde sie ihn fragen, was damals wirklich geschehen war. Doch es war nicht auszudenken, was passieren könnte, wenn Peter Dorn erfuhr, dass er jahrelang belogen worden war. Sie konnte nichts anderes tun als abzuwarten. Zu warten und zu beten in dieser gespenstigen Szenerie – ein helles, freundliches Wohnzimmer mit verriegelten Fenstern und heruntergelassenen Rollladen und drei Menschen, die nicht wussten, wann alles in einer Katastrophe endete oder ob Peter Dorn in letzter Minute doch noch einsichtig wurde.

Plötzlich schluchzte Miriam Dorn laut auf: »Peter, bitte, lass mich gehen, ich kann nicht mehr. Wie lange willst du uns noch festhalten?« Peter Dorn stierte weiter auf die Tischplatte.

»Peter, sie hat recht«, setzte Markus Thelen nach, »was soll das Ganze hier? Was willst du damit erreichen? Bitte. Ich verstehe dich nicht.«

Mit einem Mal regte sich der Angesprochene. »Ich verstehe *dich* nicht, Markus. Wie kannst du das so hinnehmen?« Er stand auf, die Waffe wieder in der Hand. »Die machen uns doch unser ganzes Leben kaputt mit diesen Scheißstrommasten!« Seine Stimme zitterte vor Erregung. »Dieses ganze Haus – weißt du, wie viel Geld und Arbeit ich hier reingesteckt habe? Letztes Jahr habe ich noch den ganzen Keller ausgebaut. Und dann sagen die von Amprion einfach so, dass die mir demnächst einen siebzig Meter hohen Mast vor die Nase setzen wollen. Wer hätte das denn ahnen können? Und die Entschädigungen, die die zahlen, sind nur lächerlich. Ich meine, die alte Stromleitung ist ja schon schlimm genug, aber das, was die vorhaben, wird den ganzen Ort zerstören. Wer will denn hier noch wohnen?!« Er ließ sich zurück auf den Stuhl fallen. »Mann, Markus, du hast echt Schwein gehabt, dass du deine Ausbauten letztes Frühjahr verschoben hast, sonst säßest du jetzt genauso in der Patsche wie ich. Hier brauchst du doch keinen Cent mehr reinzustecken.«

Ein Gedanke schoss Anne durch den Kopf. Vorsichtig holte sie ihren kleinen Block aus der Tasche. Ihr kleiner Block war vielleicht in den heutigen Zeiten etwas unmodern, aber ihr größter Schatz. Bei jedem Fall schrieb sie dort ein paar Zeilen über alle Beteiligten hinein, sammelte ihre Ideen und Fragen. Den Block hatte sie im Dienst immer bei sich. Sie konnte nur hoffen, dass Peter Dorn sie eben schnell hinein schauen ließ. Sie blätterte auf die Seite von Markus Thelen und flog über die Zeilen: 42 Jahre, verheiratet, drei Kinder, früher bei Amprion, die letzten Jahre als freier Immobilienmakler gearbeitet – und dann las sie das, an das sie sich noch dunkel erinnern konnte. Sie sprang auf.

»Herr Dorn, sagen Sie, wann genau hat Amprion letztes Jahr die Nachricht mit der neuen Stromtrasse rausgebracht?«

Peter Dorn sah sie verdutzt an, antwortete aber trotzdem:»Das war am siebten Juni.«

»Siebter Juni.« Anne lächelte. Ohne nachzudenken, ging sie auf Peter Dorn zu.»Sie müssen mir jetzt helfen. Sie haben doch bestimmt irgendwo einen Plan, auf dem die alte und die neue Stromtrasse abgebildet sind.«

»Müsste ich gleich hier haben.« Peter Dorn schob sich die Waffe in die Hose und durchsuchte den Blätterstapel, der auf einem der Stühle lag.»Hier.« Er legte zwei Karten auf den Tisch: Eine zeigte den Istzustand mit der alten Trasse und die andere den Zustand nach Fertigstellung der Bauten.

Anne beugte sich über die Pläne.»Also, im Prinzip läuft es so, dass die neue Trasse einfach neben der alten gebaut wird. Nur an dieser Stelle«, Anne tippte auf das Papier,»scheint das nicht zu sein.« Sie blickte Peter Dorn, der auf der anderen Seite des Tisches stand, fragend an.

»Diese Stelle ist sehr eng und vom Profil schwierig. Diese riesigen Masten können dort nicht gebaut werden. Damit die alte und die neue Trasse zusammenbleiben, hat sich Amprion entschieden, an dieser Stelle die alte Trasse ein Stück zu versetzen.«

»Das heißt also, dass Grundstücke, die jetzt noch einen Strommast im Garten und dicke Stromleitungen über den Köpfen der Bewohner haben, bald das reinste Paradies wären, was natürlich auch eine immense Wertsteigerung zur Folge hätte.«

»Ja, manche haben eben Glück.«

»Glück?« Anne lachte.»Nein, ich glaube, mit Glück hat das wenig zu tun. Herr Thelen«, sie ging einen Schritt auf die Sitzecke zu,»Sie haben doch Anfang letzten Jahres einen ganzen Wohnkomplex in dieser Gegend gekauft. Zu einem Spottpreis, weil die Anlage so renovierungsbedürftig ist, aber immer noch genug Geld, dass sie bei den Banken hoch in der Kreide stehen. Ist das nicht toll, wie viel Geld Sie verdienen können, wenn Sie die Wohnungen schön sanieren und dann bald die doofen Strommasten weg sind?«

»Ja, das Ganze ist sehr gut für mich gelaufen. Und?«, antwortete Markus Thelen barsch.

»Genauso gut wie mit ihrem eigenen Haus, das Sie plötzlich nicht mehr renovieren wollten, weil bald ein zweiter Strommast dazukommt.«

»Ich habe an meinem Haus nichts mehr gemacht, weil mir durch den Kauf der Wohnanlage das Geld fehlte. Wie hätte ich denn von Amprions Plänen wissen sollen? Ich arbeite dort seit Jahren nicht mehr.«

»Rainer Berger.«

»Was?!«

»Rainer Berger hat es Ihnen erzählt.«

Markus Thelen schüttelte heftig mit dem Kopf. »Das ist doch Schwachsinn. Warum, in Gottes Namen, hätte mir Rainer geheime Interna seiner Firma verraten sollen? Das hätte ihn doch alles gekostet.«

»Der Unfall. Nehmen wir mal an, dass Rainer den Unfall damals tatsächlich verschuldet hat, und irgendwie überredet er Sie, mit ihm eine falsche Aussage abzugeben und Peter Dorn, der ja selbst keine Erinnerung mehr hat, die Schuld zu geben. Und ein paar Jahre später sitzen Sie vielleicht gemütlich mit Rainer zusammen – sie waren ja immer noch befreundet – und Rainer entwischt es zufällig, dass Amprion ganz neue Pläne hat. Sie wittern Ihre Chance und setzen ihn mit der alten Unfallgeschichte unter Druck, damit Sie die Pläne vor allen anderen kennen. Nur Rainer fängt an, merkwürdig zu werden. Ob's eine Midlife-Crisis ist oder das schlechte Gewissen drückt, er droht, alles auffliegen zu lassen. Aber dafür haben Sie zu viel investiert. Sie gehen in sein Haus und erschießen ihn mit Peter Dorns Waffe.«

Markus Thelen stand von seinem Sessel auf. »Das ist doch völlig absurd!«

»Die Waffe, die Waffe«, murmelte Peter Dorn, während er sich am Esstisch aufstützte, »du warst doch dabei, als ich die Waffe gekauft habe. Du warst mit auf dem Waffenmarkt in Belgien. Du bist mein Nachbar, du hast alle meine Schlüssel.«

»Jetzt lass dir hier bloß nichts von unserer Frau Kommissarin einreden, Peter.«

Plötzlich rührte sich Miriam Dorn. »Rainer …«, raunte sie. »Er ist nach der Versammlung noch einmal zu mir gekommen. Hat sich entschuldigt und dann hat er mich so komisch angesehen. So wie früher. Und dann hat er angefangen mich zuzutexten, es würde sich jetzt alles ändern, er würde alles ins Reine bringen. Ich hab's nicht verstanden. Es war mir auch egal. Aber zum Schluss hat er mich gefragt, ob ich wüsste, wo du bist.« Sie schaute zu Markus Thelen.

Anne stellte sich vor dem Beschuldigten auf. »Glauben Sie mir, Herr Thelen, wenn wir Ihr Büro, Ihr Haus auf den Kopf stellen, wir werden etwas finden: eine Datei, eine Notiz oder einen winzig kleinen Blutstropfen auf Ihrem Schuh.«

»Ist schon gut. Lassen Sie meine Familie da raus.« Markus Thelen ließ sich zurück in den Sessel fallen.

Mit einem Mal brauste Peter Dorn auf ihn zu und fuchtelte mit dem Revolver vor seinem Gesicht. »Wie konntest du das tun? Mit meiner Waffe! Du hättest mich in den Knast geschickt!«

»Ich konnte ihn wohl schlecht mit einer meiner eigenen Waffen erschießen, die sind alle registriert. Ich hab die Waffe doch im Wald entsorgt. Und ehrlich, Peter, ich meine, es tut mir wirklich leid, aber seit dem Unfall, wie du in Selbstmitleid ertrinkst, du bist doch nur noch ein Wrack. Was macht das noch für einen Unterschied, ob du hier in deiner eigenen Hölle schmorst oder im Gefängnis sitzt? Nebenbei gesagt, es war nicht Rainer, du Schwachkopf, sondern der Meti von der Baumschule, mit dem sich deine Frau amüsiert.«

Anne ging auf Peter Dorn zu, der mit offenem Mund vor dem Sessel festgefroren war. In seiner rechten Hand baumelte immer noch der Revolver. »Peter, bitte geben Sie mir die Waffe. Es ist vorbei.« Er zeigte keinerlei Reaktion, aber Anne war sich sicher, er würde sich nicht mehr wehren. Ganz vorsichtig griff sie nach seiner Hand und die Waffe rutschte in ihre Hände.

»Okay, Frau Dorn, kommen Sie, wir werden jetzt nach draußen gehen.«

Miriam Dorn sprang auf und huschte an Annes Seite.

»Wir kommen jetzt raus. Die Waffe ist gesichert«, rief Anne durch den Türspalt, bevor sie die Eingangstür vollständig öffnete.

Die SEK-Leute stürmten ins Haus, jemand nahm ihr Frau Dorn ab.

»Herr Keil«, warf sie dem Einsatzleiter noch zu, »nehmen Sie auch Markus Thelen fest, er hat Rainer Berger ermordet.«

Kaum war sie aus dem Haus, kam Paul sofort auf sie zugelaufen und drückte sie fest. »Mensch, Anne, was bin ich froh, dich heil wiederzusehen. Das war ja kaum auszuhalten. Komm, setz dich erst mal.« Er schubste sie zu der Mauer, die den Garten der Dorns umzäunte. »Und den Mordfall hast du auch noch gelöst. Wie praktisch. Hier, nimm.« Er reichte ihr eine Wasserflasche, aus der sie gleich trank. »Besser?«

Sie setzte die Flasche ab. »Geht. Obwohl, ein Schnäpschen wäre jetzt auch nicht schlecht gewesen.«

»Kann ich mit dienen.«

»Warum nur überrascht mich das nicht?« Auf einmal ging ihr Handy los. »Oh nein, bitte nicht jetzt.«

»Dann geh einfach nicht ran. Soll ich fü…«

»Es ist Mike«, unterbrach sie ihn. »Ja, hallo, Schatz.«

»Ich bin's noch mal. Sag mal, bist du jetzt schon am Einkaufen?«

»Nein, nicht direkt.«

»Brauchst du nicht mehr. Ich habe mir überlegt, wenn ich gleich von Mama komme, das ist doch die tolle Pizzeria um die Ecke. Ich bring uns einfach was mit. Ich hatte heute echt einen nervigen Tag und ich habe das Gefühl, bei dir lief's auch nicht so toll?«

»Öh, ja, könnte man so sagen.«

»Dann, bis gleich.«

»Bis gleich.« Anne steckte das Handy weg, als ihre Hände mit einem Mal zu zittern anfingen und sich ein Gefühl wie Wackelpudding in ihrem ganzen Körper ausbreitete. Sie atmete tief durch und plötzlich musste sie schmunzeln. Ein erfolgreicher Tag im Leben der Anne Kremer ging seinem Ende zu: Der Mörder war gefasst und das Abendessen gerettet.

In einer durchzechten Nacht

Ich habe noch nie gut mit Alkohol umgehen können. Ich bin kein fröhlicher Trinker, weiß nie, wann es genug ist. Ich gehe die menschenleere Straße hinunter. Mein Schädel brummt heftig. Die typischen Kopfschmerzen, wie man sie nach einer durchzechten Nacht hat. Gerade war ich aufgewacht. Aber nicht zu Hause in meinem warmen, kuscheligen Bett, sondern ein paar Ecken weiter habe ich mich im dunklen Rinnstein wiedergefunden. Wie das manchmal so passiert.

Ein zügiges Wasserlassen in der nächsten Hofeinfahrt und ich biege in die Ebertstraße ein. Jetzt schnell nach Hause, duschen, ein paar Tabletten eingeworfen und ab zur Arbeit. Noch schläft die Stadt, doch es wird nicht mehr lange dauern, bis die Dämmerung und das tägliche Gewusel einsetzen. Ich nehme die Abkürzung über den Spielplatz. Zu Füßen der Rutsche sehe ich plötzlich etwas liegen. Vielleicht einen Haufen Müll, den sich jemand in der Nacht entledigt hat?

Ohne groß nachzudenken, automatisch, von kindlicher Neugier getrieben – wie der Mensch so ist – trete ich näher und bleibe abrupt stehen. Es ist kein Müllhaufen, keine weggeworfenen Klamotten – es ist ein Mensch, der dort liegt.

Ich begaffe die Szenerie: das Gesicht zerschlagen und wie in Blut ersoffen, der verschmierte Stein, der nun daneben unschuldig und unbeteiligt im feuchten Sand liegt. Kein Zweifel, was passiert ist. Erschreckend, wie kalt mich das lässt.

Ich stiere weiter, beuge mich ein Stück vor, betrachte die Jacke, diese Jacke, diese verdammte grüne Jacke … Ich fixiere mich auf das Gesicht und kann plötzlich unter all dem Blut Gesichtszüge ausmachen und springe zurück, als ich Mattes erkenne. Im selben

Augenblick zerrissene Bilder, ein explodierender Schmerz im Schädel, Erinnerungen an den Abend, ein Streit, der immer weiter geht ...

Mir wird heiß, ich knöpfe den Mantel auf, sehe mein blutüberströmtes Hemd – und knöpfe den Mantel wieder zu, nehme den Stein und gehe weiter. Ich habe noch nie gut mit Alkohol ...

Rattlesnake Jenkins

Der Braune war eine treue Seele. Die Sonne stand schon wieder tief am Horizont und er graste immer noch an der Seite des Rangers.

Bereits gestern hatte er gemerkt, dass etwas mit dem Ranger nicht stimmte. Von seinem Rücken aus gab es kaum noch Kommandos, die ihm sagten, wohin und wie schnell er gehen sollte. Mit dieser ungewohnten Freiheit wusste er so recht nichts anzufangen. Mal blieb er stehen, um ein paar Halme des verdorrten Grases zu erhaschen, dann trottelte er wieder ein paar Schritte weiter. Dann plötzlich rührte sich das Gewicht auf seinem Rücken, er spürte einen Druck an seinem Bauch, ein Schlenkern der Zügel und der Braune lief dankbar voran, bis es auf seinem Rücken erneut still wurde.

So ging es die ganze Nacht und am Morgen, als die Sonne karminrot über der endlosen Weite stand, rutschte der Ranger, ohne einen Ton, von seinem Rücken und plumpste neben ihn auf die staubige Erde.

Der Braune mochte den Ranger. Er mochte es, wie der Ranger manchmal seinen Kopf packte, ihm die Stirn rieb und dabei mit tiefer Stimme »Guter Junge, guter Junge« flüsterte. Und wenn sie mitten im Nichts eine Pause machten – der Braune graste friedlich, während der Ranger etwas aus seiner Tasche aß –, dann konnte der Braune erkennen, wenn das Gesicht des Rangers mit einem Mal ganz weich wurde. An sich war das Essen des Rangers natürlich tabu für ihn, aber er wusste, dass er nun an den Ranger herantreten durfte, und der gab ihm ein Händchen dieser weichen Krümel, die in seinem Maul zu diesem unendlich süßen und leckeren Brei verschmolzen.

Es war schon einige Jahre her, dass der Ranger ihn mitgenommen hatte. Er hatte mit vielen anderen Pferden angebunden in einer Reihe gestanden. Die meisten Leute gingen, ohne zu schauen, an ihm vorbei – er war wohl kein besonders schönes oder auffallendes Tier – und diejenigen, die doch einmal stehen blieben, mäkelten schnell an seinem linken Hinterbein herum, das seit einer alten Verletzung deutlich dicker als das rechte war. Doch den Ranger schien das nicht zu stören. Er hatte seinen Kopf genommen, ihm lange in die Augen geblickt und dann den Braunen losgebunden.

Vorsichtig trat der Braune noch einmal an den auf dem Boden liegenden Ranger heran. Er schnupperte die Brust entlang, sog den vertrauten Duft des Freundes ein und knabberte sanft an der Jacke. Nichts rührte sich. Der Braune spürte, dass er hier nicht bleiben konnte. Seine Instinkte schrien ihm zu, nach anderen Pferden zu suchen. Er hob den Kopf und trabte der schmalen Sichel des jungen Mondes entgegen.

Es war eine kalte und mondlose Nacht im Llano Estacado. Genauso wie Texas Ranger Bill Hardy es brauchte. Das Schicksal schien es endlich gut mit ihm zu meinen. Seit Monaten war er Sam »Rattlesnake« Jenkins gefolgt. Jenkins, der mit seiner Bande sein Unwesen quer durch Texas trieb. Ob Banken, Züge, Kutschen, nichts, wo es etwas zu holen gab, war vor ihm sicher. Und niemand, der ihm dabei im Weg stand und danach nicht mit den Füßen voran davon getragen wurde.

Bill dachte an Fredericksburg. Mehr durch Zufall waren sie dort auf Jenkins getroffen. Bill und sein Kollege Walter Kramer wussten, dass Jenkins und seine Bande sich zu der Zeit im Hill Country herumtrieben. Jenkins war überall zu finden, wo die Geschäfte florierten. Aber es war nicht einfach auf seine Spur zu kommen, er war nicht nur brutal und kalt in seinen Vorhaben, sondern auch äußerst vorsichtig und gerissen. Sie ahnten nicht, dass sie an diesem Tag direkt in einen seiner Überfälle laufen sollten – ein Fehler, den Walter mit seinem Leben bezahlte.

Nach Fredericksburg biss sich Bill an Jenkins und seiner Bande fest. Es war nicht so, dass sein Handeln nach Walters Tod nur noch von Rache bestimmt wurde, aber der Gedanke, dass Jenkins für alle seine Untaten nicht bestraft werden sollte, war für Bill unerträglich.

Vom Hill Country aus war er ihnen durch die Wildnis nach Norden in den Llano Estacado gefolgt. Natürlich immer mit gebührendem

Abstand. Er konnte es weder mit einer Bande von zehn alleine aufnehmen noch war es ihm möglich, in dieser einsamen Gegend Hilfe zu suchen. Doch jetzt schien der Moment gekommen zu sein.

Er kniete nieder und schaute vom Rand der Klippe auf die kleine Hütte mitten im Nichts hinab. Seit zwei Tagen hatten sich Jenkins und seine Männer dort verschanzt. Doch kurz vor Sonnenuntergang war ein Großteil der Männer in wildem Galopp davon geritten und Bill hatte nicht das Gefühl, dass sie heute Nacht noch zurückkehren wollten. Die einzigen, die jetzt noch in der Hütte waren, waren Jenkins selbst und zwei seiner Gefolgsleute. Drei Männer. Das war seine Chance.

Bill stand auf und ging ein paar Schritte zu seinem Pferd zurück. Er überprüfte den Sitz der Beinfesseln, es war überlebenswichtig, dass sein Pferd gleich noch an dem Ort war, wo er es gelassen hatte. Er nahm den Kopf des großen braunen Tieres in seinen Arm und rubbelte ihm die Stirn. »Guter Junge, du bist wirklich ein guter Junge.«

Bill glitt die Abbruchkante hinunter. Sein erstes Ziel war der Paddock an der Rückseite des Hauses. Er musste die Pferde verscheuchen, keiner durfte aus dieser Hütte fliehen können.

Nichts rührte sich drinnen, als Bill nach getaner Arbeit an der Außenwand entlang schlich. Doch einer der Männer hielt immer Wache. Bill hatte das Glühen der Zigarre in der Finsternis der Veranda gesehen, beobachtet, wie der Mann von Zeit zu Zeit von seinem Stuhl aufgestanden war und sich vor der Hütte im fahlen Sternenlicht die Füße vertreten hatte. Auf solch einen Moment wartete Bill nun. In der Hand hielt er ein Holzbrett, das er neben dem Paddock gefunden hatte.

Plötzlich knarzte der Stuhl. Schwere Schritte. Bill hielt den Atem an. Jetzt oder nie. Mit voller Wucht schlug Bill dem Gauner das Brett gegen den Hinterkopf. Dieser sackte sofort zusammen und Bill kniete nieder, um ihn zu fesseln und knebeln, bevor er sich von dem Schlag erholte.

Bill wischte sich den Schweiß von der Stirn und nahm seinen Revolver aus dem Holster. Vorsichtig betrat er die Hütte. Eine karg eingerichtete Küche mit einem Tisch und ein paar Stühlen und einer mickrigen Funzel, die von der Holzdecke baumelte und den Raum in ein schummriges Licht tauchte. Auf der linken Seite fand er zwei Türen. Er zögerte kurz und entschloss sich dann für die vordere der beiden. Millimeterweise drehte er den Knauf und schob die Türe auf. Das Zimmer war genauso duster wie die Küche nebenan, trotzdem erkannte er den Mann, der zwei Schritte weiter im Bett schlief, sofort und ließ ihn nicht mehr aus den Augen: Rattlesnake Jenkins! Wanted: Dead or Alive …

Er hatte kein Problem damit, diese Nacht noch mit Jenkins' Tod enden zu lassen, falls es nötig war. Langsam ging er auf das Bett zu, während er den Revolver zielsicher auf Jenkins richtete. Er entdeckte Jenkins' Colt, der in seinem Holster über dem Bettpfosten zur Wand hing. Zu seiner Erleichterung lag Jenkins mit dem Rücken zur Waffe. Das musste klappen. Er wollte gerade nach dem Banditen greifen, als er hinter sich ein leises Klicken vernahm. Nicht mehr als ein Klicken, aber Bill wusste sofort, dass dieses zarte, feine Geräusch, das aus der dunklen Ecke hinter der Tür kam, das Entsichern eines Revolvers war.

Im selben Augenblick, in dem er sich noch über seine eigene Dummheit ärgerte, warf er sich schon um und feuerte zweimal. Aus der Ecke tönte ein Schrei. Bill atmete befreit aus. Doch noch im Moment der Genugtuung sprang jemand von hinten auf ihn und umklammerte ihn: Jenkins. Er schlug Bill die Waffe aus der Hand und versuchte, den Ranger zu Fall zu bringen. Doch Bill hatte sich wieder gefangen und wehrte sich mit Leibeskräften. Mit einem gewaltigen Ruck riss er die Arme hoch, um sich aus Jenkins' Griff zu befreien. Dabei schleuderte er die kleine Lampe von der Decke. Im Nu wurde es stockfinster im Zimmer. Jenkins attackierte erneut. Rangelnd gingen die beiden zu Boden. Jenkins erwischte den Ranger an der Kehle. Gnadenlos drückte er zu. Bill platzte allmählich das Blut im Kopf. Verzweifelt versuchte er nach Jenkins, der direkt über ihm hing, zu packen. Seine Hand tastete in der Dunkelheit, als er plötzlich etwas zu fassen bekam, das sich wie eine Halskette anfühlte. Er wickelte sich die Kette ums Handgelenk, um die Finger, dass die Glieder sich immer enger um Jenkins' Hals schnürten. Er zog mit letzter verzweifelter Kraft und zog und zog. Jenkins' Röcheln wurde immer abgehackter, während sich gleichzeitig der Griff um seinen eigenen Hals lockerte. Seine Hand gab nicht nach, bis die Kette mit einem Ruck riss und Jenkins zur Seite kippte. Sofort sprang Bill auf, um seinem Gegner den Rest zu geben.

Wie aus dem Nichts traf ihn ein rasender Schmerz! Sein ganzer Rücken ein einziges Feuer! Er stöhnte laut auf. Wer auch immer vorhin in der Ecke gewesen war, er hatte ihn definitiv nicht gründlich genug erwischt. Bill wandte sich der neuen Bedrohung zu, aber nicht schnell genug, bevor ihn der nächste Messerstich durchbohrte. Gleichzeitig griff eine Hand von der anderen Seite wieder nach ihm. Jenkins hatte sich erholt.

Der Ranger wusste, er hatte verloren. Das Einzige, was er jetzt noch retten konnte, war sein nacktes Leben. Der Schmerz und die Panik ließen ihn rasend werden. Für einen Moment bäumte er sich wie ein wildes Tier auf, in alle Richtungen um sich schlagend, konnte er sich befreien. Er stürzte zur Tür, raus aus dem Zimmer, raus aus dem Haus! Draußen stolperte er den Abhang hoch, während die Kugeln neben ihn in den roten Sand schlugen.

Oh bitte, bitte, lass den Braunen oben warten. Lass ihn bitte nicht aus Angst davongelaufen sein.

Oben angekommen suchte er die Dunkelheit nach dem Pferd ab. »Hey, Junge?«, rief er in die Nacht hinein und erhielt ein besorgtes Brummeln als Antwort. Erleichtert lief Bill auf den Braunen zu. Er löste die Fußfesseln und schwang sich in den Sattel. Sein Blick fiel auf seine rechte Hand. Zu seinem Erstaunen hielt er immer noch die Kette samt Anhänger, die er Jenkins vom Hals gerissen hatte. Er stopfte die Kette in seine Tasche und trieb den Braunen an. »Lauf, mein Junge, lauf so schnell du kannst!«

»Daddy, Daddy, da ist ein fremdes Pferd bei uns vorm Paddock!« Aufgeregt kam Ally ins Haus gelaufen und zupfte ihren Vater am Arm. »Komm schnell!«

Draußen schaute Winston Smith erstaunt auf das große braune Pferd, das mit zerrissener Trense und schiefem Sattel vor ihm stand.

»Na, mein Guter, scheinst ja schon ein paar Tage unterwegs zu sein.«
Er klopfte dem Pferd den Hals. »Ally, bring ihn in den Stall und gib
ihm Futter und Wasser. Ich geh den Sheriff holen.«

Es dauerte nicht lange und ganz Warren stand Kopf. Nicht nur,
dass in der kleinen Stadt ein unbekanntes Pferd aufgetaucht war,
für das sich zunächst kein Besitzer finden ließ; nur wenige Tage später wurde draußen in der Steppe eine Leiche gefunden. Durch die
Papiere, die der Tote bei sich trug, konnte er schnell als Texas Ranger
Bill Hardy erkannt werden. Zwei Stiche in den Rumpf hatten ihm
den Tod gebracht.

Die Bewohner von Warren waren wie elektrisiert. Ein echter Texas
Ranger, der in ihrer Gegend den Tod gefunden hatte! Es geschah
ansonsten nicht allzu viel in dem kleinen Nest inmitten der endlosen Grasebene. Die größten Verbrecher, die bis jetzt in die Gegend
gefunden hatten, waren höchstens mal ein paar Viehdiebe. Die Aufregung wurde noch größer, als der Sheriff die Nachricht erhielt, dass
ein echter lebender Texas Ranger nach Warren kommen sollte, um
den Fall aufzuklären.

Ally war bei all dem hautnah dabei, denn ihr Vater war, neben
dem Stall, den er betrieb, die rechte Hand des Sheriffs. Das bedeutete
im Allgemeinen nicht viel, der Sheriff war nicht unbedingt die meist-
beschäftigste Person der Stadt. Ihre Mutter führte den Haushalt des
Sheriffs, der seit Urzeiten verwitwet war. Sogar ihre Häuser teilten
sich ein Dach. Links die Hälfte der Familie Smith, rechts das Büro
des Sheriffs und seine Privaträume. Der ganze hintere Teil des Hauses
wurde von Stall und Heuboden eingenommen.

Auf diesem Heuboden turnte Ally gerade mit ihrem kleinen Bruder
Tom. Sie mochte den Heuboden sehr. Nicht nur, dass sie hier ganz
nah bei den Pferden sein konnte, sie hatte aus den Luken auch eine
wunderbare Sicht auf die Gegend und die Main Street. Denn heute
war der Tag der Tage. Heute sollte Texas Ranger John Davis in ihre
Stadt kommen.

Plötzlich sprang ihr Bruder auf und ab. »Ally, hier, schnell, sie
kommen!«

Ally rannte an Toms Seite und blickte gespannt aus der Luke. Sie sah ihren Vater, den Sheriff und offensichtlich John Davis die Main Street hinunter reiten. Sie betrachtete den Fremden näher: Er schien recht groß zu sein, von schlanker Statur, etwas jünger als sie erwartet hatte. Seine Kleidung machte den Anschein, schon den einen oder anderen Ritt mitgemacht zu haben, aber nicht so, dass er verlottert oder verdreckt wirkte. Ally hatte ein Buch mit Abenteuergeschichten, das sie in und auswendig kannte – John Davis machte den Eindruck, als sei er direkt einer dieser Geschichten entsprungen.

Der Dreiertrupp verschwand aus Allys Blickfeld, denn sie waren vor dem Büro des Sheriffs angekommen. Ally flitzte in die andere Ecke des Heubodens. Dort gab es ein kleines Loch im Holz, von dem nur sie und ihr Bruder wussten. Wenn man sich an dieser Stelle flach auf den Boden legte, konnte man mit etwas Glück sehen und hören, was im Sheriffbüro vor sich ging.

Sie schupste Tom zur Seite, der es sich schon auf dem Boden bequem gemacht hatte. Sofort presste sie ihr Ohr gegen das Loch und lauschte, wie Sheriff Roberts dem Ranger Bericht erstattete und dieser an vielen Stellen nachfragte. Schließlich erzählte John Davis, was er über den Fall wusste: dass Bill Hardy seit Monaten dem gefährlichen Verbrecher Sam »Rattlesnake« Jenkins und seiner Bande auf der Spur war und gut möglich, auch von diesem ermordet worden sei.

Ein gefährlicher Verbrecher in ihrer Gegend! Ally sah ihren Bruder an, dem es wohl langweilig geworden war, denn er spielte mit einem Heuhalm und einem Käfer. Mit einem Mal kicherte er los, weil der Käfer auf den Rücken geplumst war. Ally gab ihm einen Klaps auf den Hinterkopf. »Sei still!«, zischte sie. Ein gefährlicher Verbrecher in ihrer Gegend und sie war hier mit ihrem debilen Bruder bestraft!

Den Nachmittag verbrachte Ally im Stall. Sie bürstete den Braunen, den sie schon recht ins Herz geschlossen hatte. Sie mochte es, wie er seinen großen Kopf zu ihr herunter beugte, damit sie ihn an der Stirn kraulen konnte. Wegen der zahlreichen weißen Flecken an der Brust hatte sie ihn Spotty getauft. Immer wenn sie Spotty bürstete, dachte sie an die vielen Abenteuer, die er schon erlebt hatte, und wünschte sich, er könne davon erzählen. Plötzlich ging die Stalltür auf und John Davis betrat den Stall. Ally erstarrte ehrfürchtig.

»Ally? Du bist doch die Kleine, die das Pferd von Bill Hardy gefunden hat.«

Ally nickte und stieg von dem Hocker herunter, den sie benutzte, um an Spottys Rücken zu kommen.

»Wie alt bist du?«

»Zehn.«

»Dann erzähl mir noch einmal, wie du das Pferd gefunden hast.«

Ally wiederholte die kurze Geschichte von Spottys Entdeckung.

»Und du hast nicht gesehen, woher das Pferd kam?«, hakte der Ranger nach.

Ally schüttelte den Kopf. »Nein, er stand schon da, als ich rauskam.«

»Hm, ist es das Pferd?« John Davis trat auf den Braunen zu.

»Ja, das ist er.«

Der Braune versuchte, am Ranger zu schnuppern, doch dieser stieß ihn unsanft weg. Spotty machte einen erstaunten Schritt zur Seite.

»Wenn der Gaul nur reden könnte …«

»Sir, glauben Sie, dass Rattlesnake Jenkins den Ranger ermordet hat?

John Davis sah sie verwundert an. »Was weißt *du* denn alles? In kleinen Orten bleibt wohl nichts geheim.«

»Und, Sir?«

»Gut möglich. Zuzutrauen ist es ihm auf jeden Fall.«

Ally wurde mutiger und neugieriger. »Warum wird er eigentlich Rattlesnake genannt?«

»Nun, er trägt an seinem Gürtel die Rassel einer Klapperschlange und jeder, der die Rassel hört, weiß, dass sein letztes Stündlein geschlagen hat.«

Allys Kiefer klappte nach unten. »Wirklich?«

Der Ranger lachte. »Nein, das ist Blödsinn. Leider haben wir keine genaue Beschreibung von ihm. Ich glaube, er wird Klapperschlange genannt, weil er sehr gefährlich und listig ist und wie eine Schlange aus dem Nichts auftaucht, zuschlägt und gleich danach wieder verschwindet.«

»Aber wenn wir nicht wissen, wie er aussieht, wie kann er dann je geschnappt werden?«

»Glaub mir, meine Kleine, wenn Sam ›Rattlesnake‹ Jenkins vor dir steht – du wirst es wissen.«

Am nächsten Tag fragte Ally ihren Vater, ob sie Spotty für einen Ausritt nehmen durfte. Zu ihrer Freude hatte er nichts dagegen. Auch wenn die Eigentumsfrage des Braunen noch nicht geklärt war, fand er es nicht verkehrt, dass das Pferd in Form blieb. Sie entschloss sich, zum Palo Duro Canyon zu reiten. Sie liebte den Canyon, der ihr wie ein von Riesen in die Landschaft gehauenes Wunder schien: Wenn man über die nie enden wollende Fläche galoppierte und niemand sich vorstellen konnte, dass es noch irgendwo auf dieser Welt etwas anderes als diese endlose Weite gab, brach die Ebene plötzlich ab und öffnete den Blick auf die meilenbreite Schlucht des Canyons. Dann ritt sie in das Tal hinab, zwischen den Wacholderbüschen auf der roten Erde, und dachte mit einem wohligen Schaudern an die Indianer, die noch vor wenigen Jahren in diesem Gebiet gelebt hatten.

Doch als Ally am Nachmittag zurückkam, vergaß sie, ihren Eltern zu erzählen, was sie auf dem Ausritt gefunden hatte. Sie vergaß alles, was auf dem Ritt passiert war, denn eine weitere Leiche war in der Wildnis entdeckt worden. Es war ein Fremder mit einer Kugel im Kopf, beraubt von allen Papieren und Habseligkeiten, der sicher schon einige Tage dort gelegen hatte. Vielleicht war es nur ein einfacher Raubüberfall – oder es war ein weiteres Opfer von Rattlesnake Jenkins!

Den folgenden Tag war die ganze Stadt in Aufruhr. Ally hatte ihren Vater, Sheriff Roberts und John Davis seit dem hastig heruntergeschluckten Frühstück nicht mehr gesehen. Erst in der Dämmerung kehrten sie zurück und alle saßen zusammen in der Küche beim Abendbrot. Ihre Mutter stand mit Allys kleiner Baby-Schwester auf dem Arm am Ofen und wollte gerade zum Tisch zurück, als plötzlich die Tür aufgestoßen wurde. Und dann ging alles viel zu schnell für Ally. Ein Mann stürzte herein, riss ihre Mutter an sich und hielt ihr im selben Augenblick eine Waffe an den Kopf! Ihr Vater wollte vom Stuhl hochspringen, Sheriff Roberts griff an sein Holster, doch der Mann schrie: »Wenn ich noch einen Finger zucken seh, ist die Frau tot!«

Alle erstarrten. Ally griff unter dem Tisch nach der Hand ihres Bruders.

»So! Und jetzt will ich eure Waffen sehen. Auf den Tisch! Und alles ganz langsam.«

Ranger Davis war der Erste, der seinen Revolver vorsichtig aus dem Holster zog und auf den Tisch legte. »Mr. Jenkins, ich darf mich sehr freuen, endlich Ihre Bekanntschaft machen zu dürfen. Glauben Sie mir, ich und meine Kollegen, wir suchen schon sehr lange nach Ihnen.«

Jenkins antwortete nicht, sondern beobachtete, wie nacheinander Sheriff Roberts und Winston Smith ebenso ihre Waffen ablegten.

»Mädchen!« Jenkins blickte Ally an. »Geh, nimm die Waffen und schmeiß sie alle in den Eimer hier, wenn du deine Mutter lebend wiederhaben möchtest.«

Ally stand auf und sammelte die Revolver ein. Dann rannte sie zu ihrem Vater.

»So, und jetzt will ich wissen, wo meine Kette ist. Bill Hardy hat mir meine Kette genommen. Er muss sie bei sich gehabt haben, als er gestorben ist. Einer von euch hat sie!«

Alle sahen sich erstaunt an. »Wir haben keine Kette gefunden«, begann Sheriff Roberts, »weder bei seinem Leichnam noch in seinen Sachen. Alles, was Bill Hardy bei sich hatte, liegt in meinem Büro.«

»Dann hat einer von euch meine Kette gestohlen! Ich schwöre, ich gehe hier nicht ohne weg. Und wenn ich euch alle nacheinander abknallen muss!«

Ally klammerte sich verzweifelt an ihren Vater. Was für eine Kette, welche Kette wollte er denn?

»Sir«, versuchte es Sheriff Roberts erneut, »seien Sie doch vernünftig. Wir wissen überhaupt nicht, wovon ...«

»Ich glaube, ich weiß«, kam es plötzlich aus Ally heraus. Diese ganze Aufregung, sie hatte alles vergessen.

»Du weißt, wo die Kette ist?« Jenkins und alle im Zimmer starrten sie an.

Ally nickte zaghaft. »In meiner Satteltasche.«

»Dann hol sie, so schnell du kannst«, schnarrte Jenkins, »und wehe, du kommst auf irgendwelche komischen Ideen. Denk dran, ich habe deine ganze Familie in der Hand.«

Ally stürzte aus der Küche. Sie hatte alles vergessen. Gestern beim Ritt im Canyon war Spotty in einen kleinen Weg abgebogen. An dessen Ende lag ein Wasserloch, aus dem er sogleich gierig trank. Danach steuerte er zielstrebig die Sandkuhle neben dem Wasserloch an. Sie hatte wirklich Schwierigkeiten gehabt, ihm vom Wälzen abzuhalten. Irgendwie hatte sie das Gefühl, dass Spotty den Platz kannte. Und als sie weiterreiten wollte, entdeckte sie mit einem Mal eine Ledertasche im feinen Sand der Kuhle. Sie hatte die Tasche aufgehoben und darin eine Kette gefunden.

Ally hatte den Stall erreicht. Plötzlich bekam sie Panik, dass die Kette weg sein könnte. Was würde Jenkins dann mit ihren Eltern tun? Doch schon bald hielt sie diese fest in den Händen. Für eine Sekunde stockte sie und schaute sich das Objekt der Begierde an. Die Kette war gerissen, aber in ihrer Mitte baumelte immer noch eine große, schwere Münze, auf der kaum etwas zu erkennen war, derart dreckig und rostig war diese. Ally rannte zurück ins Haus.

In der Küche hatte sich niemand gerührt. Jenkins stand weiter am Ofen, mit Allys Mutter in der Mangel. Ally streckte ihm die Kette entgegen.

»Warum nicht gleich so?« Jenkins lachte dreckig. »Okay, ich werde jetzt hier abhauen und ihr bleibt schön sitzen, sonst …« Er hielt Allys Mutter wieder den Revolver an den Kopf. Mit der Frau im Arm bewegte sich Jenkins rückwärts zur Tür. »Keine Sorge, ich werde Mutti und Balg nicht mitnehmen, nur bis ich weg bin«, sagte er und verschwand mit Allys Mutter zur Tür hinaus.

Kaum war er draußen, schnellte John Davis von seinem Stuhl hoch. Im Laufen griff er sich ans Bein und holte einen kleinen Revolver hervor, mit dem er durch die Tür rauschte. Sofort sprangen auch ihr Vater und Sheriff Roberts auf, zum Eimer mit den Waffen, als draußen zwei Schüsse knallten. Sie erstarrten. Und dann rannten alle zur Tür. Doch die Tür riss plötzlich auf, und Allys Mutter stürzte samt Baby ins Zimmer und warf sich ihrem Mann und den Kindern in die Arme.

Dann kam John Davis in den Raum. »Sam ›Rattlesnake‹ Jenkins ist tot.«

Langsam kehrte der Alltag nach Warren zurück. Zwei Tage später waren Sheriff Roberts und Allys Vater in aller Frühe zur Sterling Ranch aufgebrochen, wo anscheinend einige Rinder gestohlen worden waren. Allys Mutter hatte sich mit ihren Geschwistern zu Tante Rose aufgemacht. Ally hatte lange gebettelt, um nicht mit zu müssen – sie konnte Tante Rose und ihre schmatzenden Küsse nicht ausstehen –, und schließlich hatte ihre Mutter nachgegeben.

Den Morgen hatte sie in ihren Abenteuergeschichten geschmökert, doch dann wurde ihr langweilig und sie entschloss sich, mit Spotty auszureiten. Nachdem sie ihn gesattelt und aufgetrenst hatte, fiel ihr ein, dass sie noch etwas zu essen mitnehmen wollte. Sie führte Spotty zur Front des Hauses, band ihn vor der Tür an und ging in die Küche. Zu ihrem Erstaunen entdeckte sie John Davis im Zimmer nebenan, das Zimmer, in dem er die ganze Zeit gewohnt hatte. Eigentlich hatte sie gedacht, er wäre schon nach dem Frühstück abgereist.

Sie blieb in der geöffneten Tür stehen. Der Ranger saß mit nacktem Oberkörper auf dem Bett und spielte mit der Kette von Sam Jenkins in der Hand. Überrascht hob er den Kopf. »Ally, ich dachte, du wärst mit deiner Mutter bei deiner Tante.«

Ally trat ins Zimmer. »Ich mag Tante Rose und ihre Schmatzer nicht.«

John Davis lachte. »Ja, sowas kenne ich.« Er stand auf und ging zur Kommode. »Wie du siehst, packe ich gerade meine Sachen zusammen.«

Sie nickte und beobachtete, wie er in seinen Sachen kramte. Seine Armmuskeln strafften sich und plötzlich entdeckte Ally etwas an seiner Seite. Sie schaute näher hin. Es wirkte wie ein sehr schlecht gemachtes Brandzeichen, äußerst undeutlich und verwischt. Trotzdem glaubte sie, den Körper einer Schlange ausmachen zu können.

John Davis drehte sich um. Er hatte bemerkt, wie Ally auf sein Brandzeichen starrte. Er blickte selbst auf das Mal. »Ein kleiner Unfall beim Brennen der Kühe, als ich noch ein Junge war.« Er schmunzelte und schüttelte den Kopf. »Merkwürdig, wie etwas so Unbedeutendes so viel verändern kann.«

»Sir, wie haben Sie eigentlich vorgestern so schnell gewusst, dass der Mann, der uns bedroht, Rattlesnake Jenkins ist?«

Der Ranger zog sein Hemd an. Ally konnte genau erkennen, er ließ sie dabei nicht aus den Augen.

»Ally, du bist sehr klug und neugierig. Vielleicht etwas zu neugierig.« Er holte eine Gliederkette aus seiner Hosentasche und fädelte den Münzanhänger von der gerissenen auf die neue Kette. Dann ließ er die Münze vor seinen Augen baumeln. »Siehst du, diese Münze – sie sieht nicht nach viel aus. Das soll sie auch nicht, eher wie ein sentimentaler Talisman, aber wenn man den Dreck und die billige Legierung wegmacht, kann ich damit locker diese ganze Stadt kaufen. Sie ist alles, was ich im Leben verdient habe.«

Er hing sich die Kette um den Hals und packte weiter an seinen Sachen. »Weißt du, ich will das nicht mein ganzes Leben machen. Immer auf der Flucht, das Schlafen draußen auf der nackten, kalten Erde. Und meine Männer«, er verdrehte die Augen, »du glaubst nicht, wie manche von denen stinken.«

Ally wusste nicht, was sie tun sollte. Am liebsten wäre sie hilfeschreiend aus dem Zimmer gelaufen, aber sie hatte nicht vergessen, wie schnell er sein konnte. Wie eine Schlange.

»Aber wen haben Sie dann vorgestern erschossen?«

»Oh, das war einer meiner Männer. Für einen meiner Männer wusste er zu viel.«

»Aber warum haben Sie überhaupt so ein Theater aufgeführt? Warum sind Sie nicht einfach selber bei uns reingestürmt?«

»Oh Ally«, er wandte sich wieder zu ihr, »wenn ich überall nur hereinstürmen und um mich schießen würde, wäre ich bestimmt nicht da, wo ich bin, sondern schon lange sechs Fuß unter der Erde.

Ich habe doch alles erreicht, was ich wollte, ohne nur ein Mal in echter Lebensgefahr zu stecken.«

»Und der Mann, der letzte Woche gefunden wurde …«

»… ist der echte John Davis.«

»Aber woher wussten Sie …«

»… dass der Ranger kommt? Nun, wenn ich nicht meine Quellen hätte, wäre ich auch nicht der, der ich bin.«

Sam Jenkins hatte fertig gepackt. Schlagartig wurde Ally bewusst, was das für sie bedeutete. Es war nicht möglich, dass er sie jetzt, nach all dem, was sie wusste, einfach hier stehen ließ. Ally begann zu zittern.

»Oh, meine Kleine, ich kann sehen, was in deinem Kopf vor sich geht. Und du hast recht, wärst du nur einen kleinen Tick größer, ich würde dir eiskalt eine Kugel durch den Kopf jagen. Aber so …«, er zuckte die Achseln, »… werde ich dich nur in den Keller werfen.«

Er packte Ally, die sich nicht wehrte, und schleppte sie zum Keller. Barsch drückte er sie die Stiege hinunter, bevor er die Bodenluke gründlich verbarrikadierte. Dann kehrte er ins Haus zurück und nahm seine Sachen. Er wollte gerade zum Stall, als er den gesattelten Braunen vor der Tür entdeckte.»Warum nicht?«, dachte sich Sam Jenkins und ritt auf dem Braunen davon.

Es war nicht seine Absicht gewesen. Die ganze Nacht durch hatte sein Reiter ihn getrieben. Seine Beine wurden unendlich schwer vom Rennen auf dem harten Boden. Er mochte diese Gegend überhaupt nicht. Alles war so trocken und staubig, kein Gras zum Naschen, und er glaubte, in der Luft einen Hauch von Raubtier schnuppern zu können. Und dann am Morgen, mit der roten Sonne im Rücken, war er gestolpert und hatte sich längs gelegt.

Nach dem Aufspringen hatte er schnell gemerkt, dass das Gewicht auf seinem Rücken fehlte. Er schielte zur Seite und sah seinen Reiter im Sand liegen. Der Braune schüttelte sich und ging vorsichtig los. Aus dem Augenwinkel beobachtete er, wie sein Reiter sich stöhnend erhob und ganz langsam hinter ihm her humpelte. Aber eigentlich mochte der Braune die Richtung, in die er gerade lief, gar nicht;

eigentlich war die Richtung, aus der er gekommen war, viel, viel besser gewesen. Er wollte zurück. Zurück zu dem freundlichen Mädchen, das so schön seine Stirn gekrault hatte. Der Braune machte auf der Stelle kehrt und ignorierte das Geschrei, das neben ihm ausbrach. Stattdessen trabte er entschlossenen Hauptes der aufgehenden Sonne entgegen.

Roter Staub

Jede Nacht der gleiche Traum. Manche Farben, Eindrücke am nächsten Tag noch so intensiv und klar, als wäre es die wirkliche Welt; anderes verwischt, verflüchtigt sich wie Trugbilder in flirrender Luft. Eine infernale Landschaft. Gleißende Sonne, die sich aus einem staubverschmierten Himmel in den ausgedörrten Boden brennt. Spitze Felsen, die wie Zähne in der wunden, aufgerissenen Erde stecken. Es gibt keinen Horizont, kein Ende, nur einen rostigen Himmel, der sich in der roten Erde auflöst. Knochenwesen, denen der glühende Wind das Fleisch vom Leib gerissen hat, krabbeln hinter den Felsen hervor. Sie sind das einzige Geräusch – außer dem Wind, der knirscht und frisst und nagt. Nur manchmal scheint es, als hörte ich etwas anderes – verzerrte, ferne Töne, und ich sehe gewaltige Schatten, die sich dunkel vor dem roten Hintergrund abzeichnen. Doch dann endet der Traum, löst sich die Erinnerung allmählich auf und es bleibt nicht mehr übrig als das Bild des blutenden Himmels, der in der geronnenen Erde versinkt.

Dann kam der Tag, an dem ich mit unerträglichen Rückenschmerzen zusammenbrach. Eine Diagnose wie ein Tritt in den Magen: ein Tumor, Krebs! Es sieht nicht gut aus. Die Ärztin legte ihre Hand auf meinen Arm, als sie mir meine düstere Prognose erklärte. Am liebsten wäre ich sofort gestorben. Aber nun verstand ich, was der Traum bedeutete. Ein Unterbewusstsein, das sich in Visionen von apokalyptischen Bildern ausdrückt, während sich im Körper die Krebszellen durch das gesunde Gewebe fressen. Es ist die Angst vor dem Tod – meine Angst vor der Hölle.

Eine religiöse Erziehung, die nie völlig aus einem herausgeht. Leichen pflastern nicht meinen Weg, aber das komplette Fehlen guter Taten. Immer nur an mich selbst gedacht. Durchs Leben gedriftet, von der einen zur nächsten Arbeitsstelle, tausendmal umgezogen, nie irgendwo angekommen. Freunde oder Beziehungen, die stetig wechselten, nie etwas von Dauer. Ein vergeudetes Leben – von Anfang an.

Schon in der Kindheit das Gefühl, nicht dazuzugehören. Mit der Familie habe ich seit Jahren keinen Kontakt, nicht mal zur Beerdigung meiner Mutter habe ich es geschafft. Vielleicht sollte ich zum Telefon greifen und meinen Vater anrufen. Jetzt, wo ich so krank bin. Aber ist es dafür nun nicht endgültig zu spät?

Ich begann mit der Chemo. Elendige Tage. Durchhalten, aber wozu? Wenn die Chancen so miserabel stehen.

Der Morgen, an dem ich aufwachte – natürlich derselbe Traum –, ich wachte auf, die Faust geschlossen, ich öffnete meine Hand und roter Staub, der aus meiner Hand auf das Betttuch rieselte.

Wenn ich mich jetzt daran erinnere, kann es nicht stimmen. Es ist nur ein weiterer Traum, der mir in der Erinnerung wie Realität erscheint. Ich nehme so viele Medikamente. Bin nicht mehr ich selbst.

Es ist Nacht. Ich schlafe ein. Noch bevor ich die Augen öffne, weiß ich, dass ich wieder dort bin. Ich kann den Staub schmecken, wie er auf meiner Zunge brennt, rieche die versengte Erde.

Ich sehe mich um. Es macht keinen Unterschied, in welche Richtung ich gehe. Die Dimensionen verwischen. Kein Tag, keine Nacht, keine Zeit … Ich weiß, die Landschaft wird sich nicht ändern, ich werde nirgendwo ankommen. Trotzdem setze ich einen Fuß vor den anderen. Ich höre eins der Knochenwesen. Hinter einem Felsen krabbelt es hervor: ein runder, menschlicher Brustkorb mit vier abgespreizten Beinen. Wie eine bizarre Kreuzung aus Mensch und Kerbtier. Plötzlich stoppt es, sucht mit dem Schädel, als ob es wittert, und dreht sich mit flinken Insektenschritten in meine Richtung. Aus hohlen Augen glotzt es mich an. Es fängt an, die oberen Glieder nach vorne zu strecken, aber nicht länger wie Insektenläufe, sondern diese wie Arme und Hände zu gebrauchen. Es scheint sich daran zu erinnern, dass es einmal etwas Menschliches war. Es versucht sich aufzubäumen, hebt den Schädel, doch dann kracht es schnarrend in sich zusammen und huscht über die Weite wie ein Käfer davon.

Ich gehe weiter. Endlose Schritte. Als der Wind aus der Ferne ein anderes Geräusch, einen verzerrten Akkord zu mir herüberträgt. Erwartungsvoll drehe ich den Kopf. Vor dem Himmel zeichnen sich die massiven Schatten ab – und ich weiß, ich will dorthin.

Ein quälendes Spiel beginnt. Manchmal gelingt es mir, mich der Erscheinung zu nähern, doch jedes Mal, wenn ich denke, gleich dort zu sein, löst sie sich vor meinen Augen auf. Ich habe das Gefühl, dieses schon oft versucht zu haben, aber noch nie ans Ziel gekommen zu sein. Es scheint sinnlos. Trotzdem kann ich nicht damit aufhören. Ich irre weiter suchend umher, als ein gewaltiger, schräger Akkord mir mit einem Mal in den Rücken knallt. Ich springe herum und kann es kaum fassen: Vier monströse Gestalten kommen langsam, aber in gerader Linie auf mich zu. Sie sind in schwarze Gewänder gehüllt, schwarz wie ihre Gesichter und Hände und die Instrumente, die mit ihren Körpern verwachsen zu sein scheinen: ein Saxophon, eine Trompete, eine Trommel und eine Kugel, die schwingt und surrt. Sie haben keine Münder, nur aus ihren Augenschlitzen brennt das Licht der gleißenden Sonne.

Sie stapfen weiter auf mich zu. Ihre Musik eilt ihnen voraus, packt mich, umschlingt mich. Es sind nicht mehr nur wirre Akkorde, eine verzerrte Melodie erhebt sich. Der Wind lebt auf. Die Töne, der Rhythmus ziehen sich durch meine Knochen, schmirgeln durch mein Blut – und plötzlich überfällt mich eine unvorstellbare Panik. Ich will davonlaufen, aber meine Beine reagieren nicht. Meine Gedanken stürzen in Kaskaden. Was ist diesmal anders? Wieso kommen die Gestalten heute zu mir?

Der Wind flammt noch stärker auf, während die Gestalten mit stampfenden Schritten weiter auf mich zu marschieren. Ich spüre den Wind an meiner Haut, an meinem Fleisch zerren und nagen. Fast sind sie bei mir. Mir kommt ein entsetzlicher Gedanke: Bin ich heute Nacht gestorben?! Werden sie mich gleich zu einem dieser Knochenwesen machen?

Auf einmal bleiben sie stehen. Die Musik hört auf, der Wind hat sich gelegt.

Stille. Unerträgliche Stille. Ich halte es nicht aus. Ich schreie: » Was wollt ihr von mir?!«

71

Sie schweigen mich an – bis der mit der Kugel beginnt und die anderen donnern hinterher:»Was willst du von uns?«

»Bin ich tot?«, frage ich verzweifelt.

Sie antworten im Kanon:»Was fragst du uns, frag dich selbst. Wir sind nur hier, um unsere Musik zu spielen. Du hältst uns auf und stellst immer nur Fragen. Du hast hier nichts zu suchen und wirst hier nichts finden. Es ist nicht deine Welt! Lass uns in Ruhe und hör auf, uns zu folgen.«

Ich schüttele den Kopf. Ich will das nicht hören. Die Gestalten schnauben und treten mit den Füßen auf. Roter Staub wirbelt hoch. »Du ...!«, brüllt es aus allen Himmelsrichtungen,»... bist eine rast-lose Seele. Nie bist du in deiner Welt zufrieden, aber kannst dich doch von ihr nicht völlig trennen. Manchmal geben wir dir Sand in die Hand, damit du dich erinnerst, aber du willst dich nicht entscheiden, vergisst alles und die nächste Nacht schleichst du wieder herum und stellst die gleichen Fragen. Du gehörst hier nicht her!«, dröhnt es auf mich ein und ein Akkord wie die Trompeten von Jericho schlägt mir entgegen. Ich halte mir die Ohren zu, krümme mich zusammen. Aber egal wie ich mich verbiege, ich weiß, dass sie recht haben. Ich weiß wieder, was ich jede Nacht tue.

Der Knall verhallt und ich lasse die Arme sinken.»Ich komme nicht mehr lange«, sage ich.»Bald werde ich euch nicht mehr stören. Ich sterbe.«

Die Gestalten schnauben und stampfen wieder und ein hohles Lachen schallt mir entgegen.»Das ...«, spricht das Wesen mit der Kugel,»... hält dich sonst auch nicht auf.«

Die Musik setzt wieder ein und die vier Gestalten ziehen an mir vorbei. Ich gehe nicht hinterher. Ich will das nicht mehr. Ich lasse mich auf die Erde fallen und greife selbst mit der Hand in den Staub, damit ich nie vergesse.

Ich wache auf. Die Sonne strahlt durch die Ritzen der Rollladen. Es scheint ein herrlicher Morgen zu sein. Ich stehe auf und strecke mich. Ich fühle mich viel besser. So gut wie seit Ewigkeiten nicht mehr. Was ein erholsamer Schlaf alles bewirken kann.

Ich sitze am Frühstückstisch. Ich habe richtig Appetit! Sogar ein Ei habe ich mir gekocht, von dem ich jeden einzelnen Bissen genieße. Als ich in mein Marmeladenbrot beiße und dabei aus dem Fenster schaue, kommt für einen kurzen Augenblick die Erinnerung an die letzte Nacht zurück. Aber je länger ich die grüne Blätterkrone der Kastanie gegenüber betrachte, umso mehr verliert sich die rote Landschaft. Mein Blick wandert zum Telefon auf dem Kühlschrank und ich fasse einen Entschluss: Ich werde gleich meinen Vater anrufen. Sicher nicht direkt mit meiner Krankheit anfangen, aber ein paar Worte wechseln, schauen, ob man sich langsam wieder nähern kann. Ich will nicht länger davonlaufen. Vielleicht braucht man manchmal einen Schuss vor den Bug, wie es solch eine schreckliche Diagnose ist, damit man noch mal wenden, sein Leben ändern kann. Egal wie viel Zeit einem noch bleibt. Es ist doch nie zu spät, man muss sich nur dafür entscheiden. Und alle Hoffnung hat mir die Ärztin auch nicht genommen. Es kann noch Monate dauern oder mein Zustand sich sogar stabilisieren.

Ich gehe ins Schlafzimmer, um das Bett zu machen. Ich scheine eine unruhige Nacht gehabt zu haben. Das Bett ist sehr zerknüllt. Ich lüfte die Bettdecke und eine Spur roter Staub rieselt vom Laken auf den Teppich.

Der Traum ist nie mehr gekommen.

Etwas abseits
Kropyvnytskyi

Eine ruhige Nacht. Ein kleines, stilles Fleckchen Erde etwas abseits der Gebietshauptstadt Kropyvnytskyi, die Ausfallstraße in südwestlicher Richtung, unweit der kleinen Ortschaft Krupske. Vom Himmel, so unbeteiligt und weit, blinzeln die Sterne in die frostgefüllte Dunkelheit.

Plötzlich ein Surren, Pfeifen, Dröhnen! So unerwartet in dieser leblosen Nacht wie knallbuntes Feuerwerk schlägt es in den harten Boden ein. Brocken fliegen, Knochen brechen, prasseln in tausend Stücken; vernebelt ist die klare Luft von Rauch und Staub.

Nur langsam begibt sich die aufgeplatzte Erde wieder zur Ruh, senken sich Rauch und Staub, und ein seltsam schimmernder Schatten löst sich von einer der Granitstelen, die in langen Reihen über die ausgedehnte Fläche verteilt sind. Der Schatten bewegt sich von der Stele weg, wandelt unentschlossen von links nach rechts und kehrt schließlich zur Stele zurück.

Für einen Augenblick verharrt er dort, als wüsste er nicht mehr weiter, bis er ein nächstes Mal loszieht. Ähnlich ziellos wie in der ersten Runde gleitet er umher. Erst als er einen zweiten Schatten fast durchschwebt, stoppt er abrupt.

»Gnädige Frau, verzeihen Sie, ich habe Sie nicht gesehen, ich wollte nicht …«, stammelt er verlegen.

»Ja, das habe ich gemerkt«, ranzt sie sofort zurück und streicht sich aus Protest über den touchierten Rock. »Was ist das nur für ein Benehmen! Melden sollte man Sie.«

»Ich bitte nochmals um Verzeihung, aber vielleicht können Sie mir sagen, wer denn hier so geknallt hat? Man hat doch so schön geruht.«

»Ich weiß es nicht. Vielleicht jemand, der ähnlich ungehobelt wie Sie ist. Wer sind Sie überhaupt?«

»Gefreiter Werner Müller«, meldet er sich zackig.

»Müller … Müller …«, wiederholt sie verwirrt, bevor sie mit einem Mal bestürzt ausruft: »Sind Sie etwa Deutscher?!«

»Ja, selbstverständlich«, wirft er mit Inbrunst zurück. »Und Sie? Sie …« Er blickt irritiert auf ihre Uniform, als ob er diese erst jetzt richtig zur Kenntnis nimmt.

»Ich? Ich bin Genossin Major Lisaweta Petrowna Kirillowa.«

»Ein Flintenweib!«, entfährt es ihm entsetzt.

»Flintenweib?! Sie unverschämter … Ich werd Ihnen helfen. Ich war die beste Scharfschützin in meinem Regiment!« Sie bringt ihre Brust voller Auszeichnungen und Orden in Positur. »Gut möglich, dass ich es war, die Ihnen dieses Loch im Schädel versetzt hat!«

»Mir?! Da bilden Sie sich mal nichts ein. Mich von einer Frau erschießen zu lassen. Das wäre gegen meine Ehre als deutscher Soldat. Na, aber wenigstens sprechen Sie ganz passabel Deutsch.«

»Warum soll ich … Warum sollte ich so etwas lernen?«

»Weil Deutsch die Sprache der Dichter und Denker ist. Wir haben Goethe und Schiller und … und … und Bach«, redet er sich schnell in Rage. »Und wir haben das Auto erfunden!«

»Und wir haben Tolstoi und Puschkin und Dostojewski und dazu noch den großartigen, ruhmreichen Kommunismus.«

»Ha! Den haben wir auch erfunden!«

»Sie …« Beleidigt wendet sie ihr Haupt und droht ihm abzudriften. Er beeilt sich, seinen triumphierenden Ausdruck loszuwerden. »Gnädige Frau, bitte, ich wollte ja nur wissen, wie es möglich ist, dass wir uns unterhalten können. Ich spreche nämlich kein Russisch.«

»Das ist Ihre größte Sorge, während unsere Knochen überall verstreut liegen? Und Sie fragen sich, welche Sprache wir sprechen? Kein Wunder, dass Sie nur Gefreiter sind.«

Jetzt ist es für Werner höchste Zeit, sich beleidigt abzuwenden. Für einen Moment beobachtet er einen Schatten, der sich ein Stück weiter zwischen einer Kreuzgruppe herumdrückt. Dann dreht er sich mit demselben verdrießlichen Ausdruck zurück zu Lisaweta. »Und ich weiß immer noch nicht, wer denn hier wieder knallt. Zwischenzeitlich war doch Ruhe, oder nicht? Ich weiß, wie friedlich es war, wie oft ich im Frühling die Vöglein hab zwitschern hören, die Erde sich erwärmte und so viele stille Winter danach. Vielleicht kann er uns da helfen? Hey, Sie da!« Er winkt dem Schatten zu. »Kommen Sie mal her und melden Sie sich.«

»Viktor«, murmelt es aus einem blassen Gesicht mit schwarzem Haar, als die zarte Gestalt schließlich vor ihnen flattert.

»Was Viktor? Sie haben ja nicht mal eine Uniform an. Stehen Sie mal gerade«, kommandiert Frau Major.

»Ts, ts«, pflichtet ihr Gefreiter Müller bei, »so ein junger Mann und keine Uniform an. Was machen Sie hier überhaupt?«

»Das ist doch unser Acker. Ich habe hier das Feld bestellt und dann schießt es aus dem Flugzeug und alles aus.«

»Ihr Acker? Dann wissen Sie vielleicht, wer hier wieder knallt? Was haben Sie denn da drüben die ganze Zeit gemacht?«

»Ich habe gelesen, was sie mit meinem Acker gemacht haben.«

»Nun, was steht denn da?«, setzt Werner die Befragung fort.

»Dass es ein deutscher Soldatenfriedhof ist.«

»Bei allen Heiligen und der Matrona von Moskau, ich auf einem deutschen Soldatenfriedhof, was ist meinen armen Gebeinen nur widerfahren?!«, ruft Lisaweta, während ihre Aura zittert und bebt.

»Wohl die Bestattung als unbekannter Soldat«, erklärt Werner mit fahlem Grinsen und zeigt auf die Schrift auf einer der nächstgelegenen Stelen. »Aber nun zurück zu meiner Frage, junger Mann, wissen Sie, wer hier wieder knallt?«

»Nein. Ich hab doch so schön geschlafen.«

»Haben wir alle. Aber irgendwas geht wieder los. Wobei mich schon interessieren würde, wie es damals ausgegangen ist.«

»Was denken Sie denn?«, fragt Lisaweta von oben herab, während sie ein Stück über Werner schwebt.

»Also, wenn ich mich so umschaue, der gepflegte Rasen, wie sauber und ordentlich die Anlage ist, könnte man glatt meinen …«

»Ach, Sie Träumer … Das ist doch hier jetzt nicht Deutschland. Sie haben den Krieg bestimmt nicht gewonnen. Es lief ja wohl damals alles andere als gut für Ihr Land, nicht wahr? Das war wohl auch eine etwas größenwahnsinnige Idee, so ein Angriff, da hätte man vielleicht draufkommen müssen, dass das nicht gut ausgehen kann.«

»Ja, nun ja, jetzt wo Sie es sagen, aber man hat da vorher nicht so drüber nachgedacht. Aber Sie haben uns auch bedroht.«

»Bedroht? Wir? Wir hatten Verträge. Das ist doch eine faule Ausrede. Wir haben Sie nicht bedroht.«

»Aber man hat sich bedroht gefühlt. Jawohl.«

»Das glaub ich Ihnen nicht. Und selbst wenn, ist das noch lange kein Grund, irgendwo einzumarschieren.«

»Vielleicht, mag sein«, murmelt Werner und wendet sich plötzlich zu Viktor. »Auf welcher Seite haben Sie eigentlich gestanden, so ganz ohne Uniform?«

»Ich? Ich hab unser Feld bestellt, ich wollte hier einfach nur leben.«

»Na, Sie machen es sich ja einfach. So ein junger Mann. Und dann keine Uniform«, tadelt Lisaweta. »Ihr Land hätte Sie gebraucht. Sie als junger Mann sind doch verpflichtet.«

»Verpflichtet zu sterben? Ich war grade mal neunzehn. Und ich musste doch auch an mein Mütterchen denken. Mein Bruder war schon gefallen und meinen Vater haben wir aus dem Gulag nicht wiedergesehen. Ach, was mag nur aus meinem armen Mütterchen geworden sein?« Seufzend trudelt Viktor zu Boden.

»Jetzt reißen Sie sich mal zusammen!«, schnauzt Werner. »Wir hatten alle Familie. Wenn ich da an mein Spinnchen denke. Ich hab immer Spinnchen zu ihr gesagt. Wisst ihr, meine Frau, sie konnte essen und essen und blieb trotzdem immer so dürr, aber ich hab sie doch trotzdem schrecklich lieb gehabt. Ach, wie sie gelächelt hat, als ich das letzte Mal aus dem Haus bin, mir noch die Uniform zurechtgerückt und tapfer ihre Tränchen weggeschluckt. Und dann meine zwei Kleinen. Die waren noch so klein, die reinsten Stöpsel. Herrje! Ganz ohne mich mussten sie großwerden, und ich weiß doch, wie das ist. Mein Vater hat es aus dem großen Krieg auch nicht nach Hause geschafft.« Er lässt sich zu Viktor sinken. »Was ich noch alles hätte tun können. Ich wär nach Hause zurückgekommen und hätte wieder in der Werkstatt gearbeitet, wie viele Jahre hätte ich noch leben können! Ach, es ist doch eine Schande.«

»Ja, eine Schande ist das«, wiederholt Viktor. »Und jetzt lassen sie uns nicht mal in Frieden ruhen. Wer knallt denn wieder?«

»Jetzt hab ich aber langsam genug von Ihnen beiden!« Lisaweta entrüstet sich so heftig, dass ihre durchgeschüttelten Orden wie eine Marschkapelle auf dem Paradeplatz klimpern. »Einer wird schon einen Grund haben, wieder zu knallen.«

»Jaja, es gibt immer einen, der meint, er müsste, aber der, der meint, ist ja selten der, der dann im Feld steht«, sagt Werner. »So viele Gedanken brauchen Sie sich als Soldat gar nicht machen. Jetzt stehen Sie beide mal wieder auf. Eine Schande ist das mit Ihnen! Ich hatte doch auch zwei Mädchen. Nun, schon was älter, die Große verlobt, aber wenn einen das Land ruft …«

»Natürlich. Sie haben ja recht, aber …« Werner dreht sich zu Viktor. »Was meinst du, wie viele hier liegen?«

»Ich hab's gelesen. Zwanzigtausend sind es und weitere zehntausend sollen hierhin noch umgebettet werden.«

»Dreißigtausend. Das ist schon eine Zahl. Und alle so weit weg von zu Hause. Ach, wenn ich an die Heimat denke! Vielleicht könnte ich mich einfach vom Westwind davontragen lassen.«

»Wie?« Frau Major rümpft das bleiche Näschen. »Und Ihre Knochen lassen Sie einfach hier liegen? Hat Ihre Frau zu Hause auch immer hinter Ihnen hergeräumt?«

Werner blickt von ihr auf seine geschundenen Gebeine. »Ach, Sie haben ja so recht. Und was soll ich auch in der Heimat? Mein Spinnchen bestimmt schon tot, die Kinder Großeltern und meine Stadt war dermaßen kaputt, als ich das letzte Mal da war. Wer wollte denn so etwas wieder aufbauen? Das dauert doch Jahrhunderte. Und die ganzen Länder, in die wir einmarschiert sind, unsere Nachbarn, werden uns sicher ewig hassen. Wie soll das jemals wieder werden?«

»Woher willst du das denn wissen?« Langsam richtet sich Viktor wieder auf. »Vielleicht mit etwas Zeit und ein wenig gutem Willen. Wir drei haben doch auch zusammen all die Jahre in derselben Erde geruht und stehen nun friedlich beieinander, sprechen sogar die gleiche Sprache. Und sieh dich um: Jemand kümmert sich um unsere Gräber. Es ist nicht alles vergessen. Vielleicht versucht man jetzt doch, etwas zivilisierter miteinander umzugehen.«

»Bis dann der Nächste wieder knallt«, sagt Werner und erhebt sich ebenso.

»Nun, aber irgendwann hört's auch wieder auf.«

»Hoffentlich. Ich möchte nicht noch mal meine Knochen so durch die Luft fliegen sehen. Das ist doch alles sehr würdelos für einen Offizier meines Ranges«, seufzt Lisaweta.

»Natürlich, Gnädigste. Ein Major sollte nicht so in der Gegend verstreut liegen. Morgen kommt doch sicher einer und gräbt unsere Knochen wieder ein. Und vielleicht legen wir uns so lange schon mal wieder hin. Bitte nach Ihnen.« Werner gleitet galant zur Seite und lässt Frau Major Lisaweta Petrowna Kirillowa charmant den Vortritt, Viktor nickt und folgt als Letzter.

Langsam lösen sich die Schatten in der Erde auf und die Stille kehrt zurück. Die Nacht so ruhig und kalt unter den blinzelnden Sternen auf einem kleinen Fleckchen Erde, etwas abseits der Gebietshauptstadt Kropyvnytskyi.

Die Straße

M it routiniertem Auge visierte er die Sandkörner an, die der Wind soeben auf der Straße angesammelt hatte. Ruhigen Fußes querte er den Asphalt, den Besen fest, aber nicht unnötig stramm, in der Hand und schritt zur Tat. Mit wenigen Besenstrichen hatte er den Sand der Straße verwiesen und schaute zufrieden auf sein Werk, bevor er zu seinem Ausgangspunkt zurückkehrte. Er stellte den Besen vor sich ab, stützte die Hände auf den Stiel und wartete. Er kannte dieses Wetter. Wenn der Wind aus Richtung der Berge wehte, die Luft so trocken und brechend wie knisterndes Reisig, würde es nicht lange dauern, bis das nächste Sandkorn auf die Straße fand.

Er kannte die Straße gut. Als junger Mann hatte er mitgeholfen, sie zu bauen. Trotzdem war es ihm immer unerklärlich geblieben, warum sich der Staub stets an dieser Stelle sammelte, während an allen anderen Stellen der Straße der Wind mit der Zeit alles verwehte, was er zunächst angeweht hatte. Er war kein Geologe oder wer auch immer so etwas erklären konnte, vielleicht lag es am Dorf, das die Straße ein Stück zurück in schnurgerader Weise durchschnitt. Es kümmerte ihn eigentlich auch nicht, wichtig war nur, was sich daraus für ihn ergab.

Er kannte seine Aufgabe, auch wenn es im Moment mehr Pflichterfüllung als Freude war. Kurz würde heute der Genuss einer sauberen Straße sein, denn nicht nur das Wetter machte ihm zu schaffen, schlimmer noch waren die vollbeladenen Lastwagen, die jetzt wieder die Straße in die eine Richtung hinunterbretterten und mit ihren dicken Reifen Staub und Dreck aufwirbelten. Es konnte geradezu gefährlich für ihn werden, wenn die Kolonnen an ihm vorbeirasten und er tatenlos mitansehen musste, wie die Sedimente sich häuften. Dann konnte ihn der Eifer packen und er hastete über die Straße, ohne auf die LKWs zu achten, die vielleicht noch der Kolonne hinterhereilten. Er mochte diese unruhigen Zeiten nicht.

Für einen Augenblick schwelgte er noch im unberührten Idyll seiner Straße, als er aus der Ferne ein erstes Brummen hörte. Er drehte sich um und sah einen Lastwagen durchs Dorf fahren. Er seufzte und schloss schon mal die Lider, um nichts ins Auge zu bekommen, wenn der Wagen an ihm vorbeidonnerte. Doch zu seiner Überraschung bremste der LKW und kam ein paar Meter hinter ihm zum Stehen. Sofort sprang der Fahrer heraus und sammelte sich mit einem zweiten Insassen am vorderen Kotflügel. Sie beugten sich über den Reifen und debattierten, als sei dort etwas nicht in Ordnung. Währenddessen kletterte ein weiterer Kamerad von der Ladefläche, um sich schnell an einem Gebüsch zu erleichtern.

Dieses Treiben auf seiner Straße gefiel ihm gar nicht. Es war sicher nicht davon auszugehen, dass die Männer ihre Schuhe vorm Betreten der Straße abgeputzt hatten. Es waren Stiefel mit groben Sohlen, unter denen sich bestimmt so einiges an Schmutz angesammelt hatte. Dazu noch der Dreck, den die Reifen des LKWs mit sich brachten, zuzüglich des vom Fahrtwind aufgewirbelten Staubes. Er seufzte ein weiteres Mal. Im Seufzen fing er den Blick einer der Männer auf, die auf der Ladefläche dicht an dicht beieinandersaßen. Der Mann schenkte ihm ein überhebliches Grinsen und stieß dabei seinen Sitznachbarn an. Es wurde gesprochen und getuschelt und wieder das dumme Grinsen. Doch er regte sich nicht auf, ihm war schon klar, welch merkwürdiges Bild er für junge Augen abgab: Ein alter, knorriger Mann mit buschigem Schnauzbart unter einer knautschigen, tiefgezogenen Mütze in staubigen, schlabbernden Klamotten, der an seinem Besen festhielt, als sei er aus reinstem Gold. Aber den Kopf senken musste er deshalb auch nicht. Er blieb weiter am Straßenrand stehen und wich dem spöttischen Blick des Mannes nicht aus. Das aber schien diesen noch mehr zu beschäftigen. Er feixte wieder mit seinem Nachbarn, grinste und kaute demonstrativ schmatzend auf einem Kaugummi herum, bis der Fahrer und der Kamerad bei ihm zurück ins Fahrerhaus sprangen. Und dann geschah das Unfassbare: Der Wagen setzte sich in Bewegung und im gleichen Augenblick spuckte der Mann im hohen Bogen und mit reichlich Rotz sein Kaugummi auf die Straße!

Nur mit Mühe und Not, nachdem der allererste Schock seine erstarrten Glieder verlassen hatte, konnte er sich davon abhalten, dem Lastwagen mit zum Himmel gerecktem Besen und feurigsten Flüchen hinterherzustürzen. Er keuchte und schnappte, sein Herz hämmerte und klopfte, und mit diesem Entsetzen und der gebührenden Empörung näherte er sich dem Attentat. Der Besen in seiner Hand zitterte, als er ihn direkt vor dem Kaugummi zu Boden stieß.

Was für eine Schweinerei! Er fluchte und stampfte mit dem Besen, dazu eine ganze Tirade von Schimpfwörtern, für jedes einzelne hätte seine Frau ihn zu Hause vor die Tür gesetzt. Ein letztes Stampfen, aber alles Jammern und Zürnen half ja nichts. Er wollte sich nun zusammenreißen und wieder vernünftig denken.

Er beugte sich ein Stück vor. Nun, die Spucke, die würde schon trocknen, aber was war mit dem Kaugummi? Was, wenn es schon an der Straße festgeklebt war? Er rollte die Augen hoch zum Himmel und zurück zur eingesauten Straße, bis sein Kopf schwirrte und sich alles drehte. Jaja, der Sand von den Reifen war schnell wieder an seinem Platz, aber dieses verflixte Kaugummi.

Oh, was war das für ein Rowdy, ein ungezogener Bengel!

Er hatte ja schon so einiges in all der Zeit erlebt. Da war vor Jahren, als es mal wieder losgegangen war, einer gewesen, der hatte direkt vor seinen Augen von der Ladefläche ein schmutziges Taschentuch geschmissen. Aber bei aller Schmach und dem Ärger, das ließ sich doch leicht wieder entfernen. Und ja, auch in den langen, ruhigen, friedlichen Zeiten passierte das eine oder andere Missgeschick. Wenn die Ziegen des Nachbarn die Straße kreuzten, konnten sie sich nicht immer beherrschen. Und einmal hatte ein Vogel hoch aus der Luft direkt vor seiner Nase einen großen Klecks auf dem Asphalt hinterlassen. Aber den Tierchen konnte er das doch nicht übelnehmen. Sie verstanden doch den Sinn der Straße nicht.

Aber dieser Rowdy!

Er holte tief Luft und bückte sich vorsichtig. Nachdem er den Kaugummi eine Zeit lang von allen Seiten akribisch inspiziert hatte, fasste er Mut und griff mit einem Taschentuch gefühlvoll zu. Er spürte gleich, dass der Kaugummi noch nicht am Asphalt klebte und sich mühelos greifen ließ. Schon bald würde auch die Spucke getrocknet sein und die Straße im alten Glanz erstrahlen. Mit einer kleinen Melodie auf den Lippen machte er sich daran, den restlichen Dreck von der Straße zu kehren. Zumindest bis der nächste LKW kam, was sicher bald der Fall war, denn es ging ja wieder los, war seine Straße nun makellos.

Vielleicht hatte er gerade etwas überreagiert. Er sollte doch jetzt mehr Muße haben. Jetzt, da er in Rente war und er alle Zeit der Welt hatte, so etwas zu beseitigen. Nicht wie früher, als er sich neben seiner Arbeit noch um die Straße kümmern musste. Das war das Gute an der Rente, dass man sich in Ruhe seinen Aufgaben widmen konnte.

Und die jungen Leute, die dachten ja gar nicht so viel nach, bevor sie sich zu etwas hinreißen ließen. Eigentlich sollte er eher Mitleid mit dem Bengel haben. Es war keine gute Straße, wenn es wieder losging. Dann ging es immer nur in die eine Richtung. Zurück kamen wenige, und wenn, feixten sie hinterher nicht mehr. Auch er war als junger Mann einmal in diese Richtung geschickt worden, seitdem hinkte er, und später sein Sohn, der auch musste und nicht zurückkam.

Die Erinnerung trübte ihn und er beschloss, sich einen Augenblick zu setzen. Er ging zu dem Unterstand, der ein paar Schritte abseits der Straße aufgestellt war. Er war nicht groß, aber an der Windseite geschlossen, mit einem Dach darüber, und reichte völlig aus, um ihn vor Wind und Regen oder der brennenden Sonne zu schützen. Sonst gab es an dieser Stelle nur die Ruinen und Trümmer des alten Dorfes auf der anderen Straßenseite, wo er früher leidlich Schutz gesucht hatte, bevor seine Nachbarn diesen Stand aus ein paar Brettern für ihn zusammengenagelt hatten. Es rührte ihn sehr, dass sie so etwas für ihn getan hatten. Er ahnte doch, welches Kopfzerbrechen er ihnen bisweilen bereitete. Wenn sie sich fragen mussten, ob er nur ein komischer Kauz oder schon komplett verrückt war. Für einen schrulligen Alten war sein Treiben mit der Straße sicher zu exzessiv, erst recht seitdem er in Rente war. Aber qualifizierte ihn das schon zum Verrückten? Noch nie hatte ihn jemand erwischt, wie er mit glitzernden Elfen verkehrte oder Gnome unter Steinen suchte. Wenn ein Nachbar auf ein Schwätzchen auf seiner Straße vorbeischaute, so war es ein ganz normaler Dorftratsch, wenn man ignorierte, dass er dabei in regelmäßigen Abständen auf die Straße schielte und den angeflogenen Sand schnell zur Seite schob, wie andere vielleicht die verwelkten Blätter ihrer Gartenhecke abknipsten, während man sich über den Zaun unterhielt.

Doch sein Engagement erschien ihnen so unsinnig. Jeder wusste, dass, wenn er die Straße nicht reinigte und sich zu viel Sand ablagerte, große Maschinen und Schlepper anrücken würden, um die Straße befahrbar zu machen, sobald sie wieder gebraucht wurde. Für nicht wenige allerdings stellte sich die Frage, warum er kehrte, erst gar nicht. Es musste bei einem Verrückten keinen Sinn ergeben. Andere beharrten, dass auch ein Verrückter seine Gründe haben musste. Er jedenfalls dachte nicht daran, etwas so Offensichtliches zu erklären.

Er war bei dem Unterstand angekommen und setzte sich auf den Gartenstuhl. Sicher würden heute noch weitere Lastwagen folgen. Er streckte die Beine aus und seufzte dabei aus tiefster Seele. Eigentlich könnten er und seine Straße es so friedlich haben. Der Sand, den der Wind anwehte, war gut zu handhaben und reichte doch völlig. Er brauchte die Lastwagen nicht. Er hatte doch so ein schönes kauziges Leben, mit dem sogar die Dorfbewohner mittlerweile zurechtkamen. Denn jedes Dorf brauchte einen anständigen Verrückten. Und er ließ sich da wirklich nicht lumpen. Tag ein, Tag aus stand er für alle gut sichtbar und präsentabel mit dem Besen in der Hand an der Straße. Da konnten die Nachbardörfer nur neidisch sein, die vielleicht einen Verrückten hatten, der sich nachts bei Mondschein in den Bergen herumtrieb.

Auch seine Frau war inzwischen zufrieden. Früher hatte sie sich noch gesperrt, sie hatte nicht verstanden, was er tat, nur wie viel gemeinsame Zeit es ihnen raubte. Natürlich jetzt, seitdem sie auch in Rente war, war sie froh, dass er ihr nicht den ganzen Tag auf den Füßen stand, dass er so beschäftigt war und dazu noch die vielen Stunden an der guten frischen Luft. Und irgendwann in all den Jahren hatte sie auch verstanden.

Am Anfang hatte er die Straße gereinigt, damit sie frei war, wenn sein Sohn zurückkehrte. Aber daran glaubte er schon lange nicht mehr. Doch er wusste, eines Tages würde er aufhören, würde der Tag kommen, an dem er den Besen wegstellte und der Wind all den Sand, all den Staub und Dreck, die Trilliarden von Körnern und kleinen Steinen auf der Straße anhäufte. Alles würde verwehen, bis nichts mehr vom Asphalt zu sehen war und die Straße unter dem Sand verschwand. Keine Maschine würde kommen, um die Straße zu reinigen, weil die Straße ihren Sinn verloren hatte, weil kein Transporter mehr in diese Richtung musste.

Aber ... die Zeit war noch nicht da.

Er sah aus der Ferne den nächsten vollbesetzten LKW sich nähern.

Er packte seinen Besen und machte sich bereit.

König Frosch,
der Zweite

Es war einmal mitten im Sommer in einer Höhle tief im Wald, nah eines lauschigen Tümpels, da sprang ein Zeremonienmeister zur Abendstunde an die Seite seines verehrten Herrschers. »Hä … ähm«, räusperte er sich würdevoll und beugte sich zum Ohr seines Gebieters. »Eure Majestät, die Prinzessin steht draußen an Eurem Pfuhle und möcht Euch sprechen.«

»Um diese Zeit?«, äußerte sich seine Majestät indigniert. »Sieht sie nicht, dass ich mich schon zurückgezogen habe und nicht mehr empfange?« Demonstrativ planschte er mit seinen langen Schenkeln durch das kristalline Wasser des seichten Pools, in dem er weilte.

»Ich weiß, das habe ich ihr auch gesagt, sie solle doch morgen wiederkommen, aber die Prinzessin …«, der Zeremonienmeister zerrte an seinen wabbeligen Krötenbacken, als würde es ihm körperliche Schmerzen abverlangen, seinem geliebten Regenten derart Ungemach zu bereiten, »… sie insistiert.«

»Impertinent wie gewöhnlich.« Der König stöhnte hochherrschaftlich und sprang aus dem Wasser. In wenigen Sätzen war er die Felssprünge hochgehüpft, bis er ein schmales Plateau erreicht hatte, auf dem ein fein gearbeiteter Thron stand. Er schnallte sich seine stolze Halskrause um, setzte sich die prächtige Krone auf und nahm auf seinem Throne Platz. Als Letztes griff er nach der goldenen Kugel, die zwischen den Beinen des Königsstuhls ruhte, und legte diese repräsentativ in seinen Schoß. »Nun, so bringt sie doch herein!«, rief er schließlich hoheitsvoll und verlieh seinen Glubschaugen noch einen feudalen, distinguierten Blick, als posierte er gerade für die Ahnengalerie.

Der Zeremonienmeister nickte und hüpfte gediegenen Sprunges dem Ausgang entgegen. Nur wenig später vernahm der König ein bekanntes munteres Stimmchen, das diesmal jedoch nicht nur schnatterte, sondern auch ächzte und schnaufte, wie es sich durch die nicht für Menschen gedachte Spalte schob und quetschte. Fast wäre die Tortur überstanden gewesen, als der letzte Felsen der Prinzessin partout nicht nachgeben wollte. Mit einem kräftigen Ruck befreite sie sich aus ihrer misslichen Lage. Zu kräftig. Denn statt eines elfenhaften Hineinschwebens stolperte und plumpste sie in die Höhle, dass sie beinahe auf die Wachposten trat, die sich mit quakendem Entsetzen und gewagten Sprüngen vor ihren wenig kleinen Füßen in letzter Sekunde retteten. Doch die Prinzessin stand wieder auf, richtete sich ihr schiefes Krönchen und fand zurück zu Würde und Anmut.

»Eure Majestät, mein lieber Froschkönig«, begann sie mit einem huldvollen Lächeln, »verzeihet mir mein spätes Erscheinen, aber ich möchte Euch doch sehr bitten, geradezu flehen, mir mein goldenes Kügelein wiederzugeben. Ich weiß, Ihr habt mir heute Mittag gesagt, dass Ihr es einbehalten möget, aber mein Vater, der König, wird doch gleich am Abendtische sehr mit mir schimpfen, wenn ich ohne mein glänzendes Bällchen heimkomme.« Die Prinzessin schlug in tiefster Not die Wimpern auf.

»Werte Prinzessin Primella …«, nonchalant schlug der König die Beine übereinander und ließ seine flutschigen Finger über die schimmernde Kugel in seinem Schoß gleiten, »… ich lege doch gar keinen Wert auf Euer Bällchen. Gerne nehmt es zurück, aber wenn ich es Euch gebe, so bin ich doch sicher, dass Ihr es mir morgen in meinem Tümpel wieder vor die Arme werft, so wie Ihr dieses schon unzählige Male getan habt. Ist es nicht so?«

Schuldbewusst senkte sie den Kopf, sodass ihr Krönchen erneut zu rutschen drohte.

»Seht Ihr! Und deshalb – nur deshalb, um dieses unsinnige Spielchen zu unterbrechen, habe ich den Ball einbehalten.«

»Aber …« Sie hob den Kopf in einem Anflug von Trotz, der aber schnell in schiere Verzweiflung umschlug. »Es ist doch Euer Verschulden, dass ich immer wiederkommen muss. *Ihr* verhaltet Euch nicht standesgemäß. Seid Ihr nicht ein verwunschener Prinz?«

»Das bin ich wohl.«

»Dann wisst Ihr doch, wie es das Schicksal vorherbestimmt. Die Prinzessin kommt ans Wasser und spielt mit ihrem Bällchen. Dann fällt es hinein und der Frosch möge es ihr wiedergeben, aber nur wenn sie verspricht, mit ihm Tisch und Bett zu teilen. Sie stimmt zu und er gibt das Bällchen zurück, aber kaum hat sie es wieder, will sie von ihrem Versprechen nichts mehr wissen und eilt nach Hause. Doch der Froschkönig, er folgt ihr, und der Vater im Schlosse zwingt sie, sich an ihr Versprechen zu halten. Aber die Prinzessin ist derart wütend und nimmt den Frosch und wirft ihn gegen die Wand und schwuppdiwupps, der Zauber bricht, der Frosch ist ein Prinz und beide leben vergnügt bis an ihr Ende.«

Die Prinzessin strahlte ihn an, doch König Frosch blieb kritisch. »Das habt Ihr doch alles schon mit Beharrlichkeit versucht. Ihr habt mich – und ich muss es so offen sagen – gegen meinen Willen geschnappt und mehrfach gegen die Wand geklatscht, und als das alles nichts brachte, habt Ihr angefangen mich abzuküssen.«

»Ich verstehe es nicht. Vielleicht hätte es doch ein Spiegel sein müssen, gegen den Ihr geworfen werden müsstet. Wir werden das alles noch ausprobieren müssen«, erklärte sie eifrig.

Er rieb sich den Kopf in Erinnerung der Beulen, die sie ihm mit ihrem Enthusiasmus schon beschert hatte. »Aber wir können es gerne auch sein lassen«, quakte er missmutig.

»Wir dürfen nur nicht den Mut verlieren. Beim ersten Froschkönig hat es doch auch mit der Verwandlung geklappt. Warum ist es nur bei Euch dermaßen schwer?«

»Möglich, dass die alte Hexe sich diesmal einen besseren Zauber hat einfallen lassen, den es nicht derart leicht zu brechen gilt. Doch warum ist es Euch überhaupt so ein Anliegen, mich zu erlösen?«

»Aber jede Prinzessin braucht doch einen Prinzen.«

»Wahrlich, sicher, ich verstehe. Aber ich bin doch nicht der einzige Prinz auf Gottes Erden.«

»Nun ...«, druckste die Prinzessin herum. »Möglich, dass das Reich meines Vaters etwas bescheiden ist. Ich habe ein ganzes Dutzend Brüder und Schwestern. Da ist wohl nicht viel zu holen. Und ich«, sie friemelte verlegen an der Spitze ihres Kleides herum, »bin vielleicht nicht ganz so schön wie Schneewittchen mit ihrer Alabasterhaut oder habe den verschlafenen Blick von Dornröschen oder die Grazie der Prinzessin Tausendschön.«

»Na, na«, widersprach er direkt, »Ihr braucht Euch sicher nicht mit diesen Hühnern zu vergleichen. Eine gewisse Robustheit hat doch auch ihren ganz eigenen Reiz. Vielleicht stellt Ihr Euch mich auch völlig falsch vor, wenn Ihr denkt, ich sei ein großer, blonder, stattlicher Prinz. Ich bin zwar in der Tat ein prächtiger und vornehmer Frosch geworden, aber wär ich noch Mensch, ich fürcht, ich würde Euch nur bis zur Nasenspitze reichen.«

»Aber das ist doch nicht schlimm. Es ist doch das Herz, das zählt! Ich bin für eine Prinzessin auch recht groß und kräftig gewachsen.«

Der Frosch nickte gedankenverloren und betrachtete die goldene Kugel in seinem Schoß. Er seufzte. »Ach, es werden ja immer so große Erwartungen an den Prinzen gestellt. Er muss stets zu neuen Abenteuern aufbrechen, sich durch Dornenhecken kämpfen, Riesen bezwingen, Drachen töten und irgendwelche hochnäsigen Prinzessinnen aus der Not retten. Sollen die sich doch einfach von allen Hexen, Ungeheuern und bösen Stiefmüttern fernhalten! Aber hier habe ich mein eigenes Reich geschaffen, bin gerechter Herrscher treuer Untertanen. Vielleicht wäre das auch etwas für Euch, sein Schicksal selbst zu bestimmen, sein Glück fern eines Hofes zu finden.«

Er hob die Kugel hoch und streckte sie der Prinzessin entgegen. Sie nahm das Bällchen, das, wie es schien, einen ganz eigenen Glanz, ein Licht in sich selbst trug. Sie behielt die Kugel in der Handfläche und sah hinein. »Wenn man Euch so reden hört«, sagte sie, »könnte man fast meinen, Ihr möchtet gar nicht erlöst werden.«

»Nun …« Er hob die Schultern und rieb sich sein spitzes Mäulchen. Sie nickte im stillen Einverständnis. Er sprang von seinem Stuhl und hüpfte auf einen tieferen Vorsprung, auf dem ein Einmachglas voller Fliegen stand. Er lüftete den Deckel einen winzigen Spalt und naschte mit seiner Zunge einen dicken Brummer. Plötzlich schloss die Prinzessin ihre Finger um die Kugel und hielt sich die Hand mit der Kugel an die Brust. »Ich fürchte«, flüsterte sie, »ich habe etwas ganz schrecklich Dummes getan.«

Er naschte eine weitere Fliege. »Ich bitte Euch, Prinzessin. Was wollt Ihr schon Schlimmes getan haben?«

»Ich hab ...« Sie strich sich ein Tränchen weg. »Ich bin der alten Hexe begegnet und sie hat mir erzählt, dass es nun für Euren Vater genug der Strafe sei, aber sie könne Euch nicht finden und ob *ich* nicht wüsste ...«

»Ihr habt der Alten doch nicht etwa verraten, wo ich zu finden sei?« Vor Schreck flutschte ihm der Deckel des Fliegenglas' aus den Fingern.

»Ich hab mir doch nichts Bös bei gedacht!«, rief sie verzweifelt.

Er zog sich die Froschbacken lang. »Natürlich, natürlich, was sollte eine böse Hexe auch Böses im Schilde führen?! Nun ist aber endgültig das Maß voll. Eure dummen Spielchen, bitte sehr, aber mir jetzt noch die Hexe auf den Leib zu hetzen. Wer weiß, was sie diesmal mit mir tun wird, um sich an meinem Vater zu rächen?« Ein abgewürgtes Quaken entwich seiner Kehle. »Ich muss sofort hier weg!« In einem Satz segelte er auf den Boden der Höhle.

»Wartet, lieber Prinz! Ich könnt Euch tragen und dann wie der Blitz mit Euch davonlaufen. Das wäre doch viel schneller, als wenn Ihr selber hüpft.« Sie bückte sich, um ihn hochzunehmen.

Er fuchtelte wild mit seinen schlabbrigen Armen. »Geht weg von mir! Ihr habt schon genug angerichtet! Ich bin besser auf mich selbst gestellt.«

Er hüpfte zum Ausgang, als mit einem Male ein schwarzer, dichter, dunkler Rauch durch den Felsspalt in die Höhle kroch. Entsetzt wich der Frosch zurück. Der Rauch sammelte sich in der Mitte der Höhle, drehte sich wie ein Tornado um die eigene Achse, bis er sich mit einem Knall auflöste und die Hexe sich in ihrer ganzen hässlichen Pracht entfaltete. »Hi, Hi«, geiferte sie, »habe ich dich endlich gefunden! Nun hüpf mir doch nicht gleich weg!«

Eine unsichtbare Hand griff nach dem Froschkönig und setzte ihn zurück auf seinen Thron. Die Hexe sah sich feixend um. »Fein, hast du's hier. Und dein Vater scheint mir auch nicht allzu darunter zu leiden, seinen hasenfüßigen Sprössling nicht mehr im Schlosse sitzen zu haben. Du wirst verstehen – so kann es doch nicht weitergehen.« Sie hob ihren Zauberstab, murmelte und schwur und ehe noch einer »Gott helf!« rufen konnte, flog der König Frosch schon durch die Lüfte und drehte und wandte sich, und plötzlich verschwand er mit einem Plopp und mit einem Platsch landete der Prinz auf seinem Allerwertesten. »Au!«, rief er und rieb sich den schmerzenden Steiß, während er mühsam aufstand. »Und?«, fragte er erbost. »Seid Ihr jetzt endlich zufrieden, Prinzessin?«

Primella senkte den Blick.

»Prinzessin?« Die Hexe gluckste.

»Ja, Prinzessin Primella. Das war doch, was sie von Anfang an wollte.«

»Prinzessin Primella ... huhu ...« Die Hexe klopfte sich die Schenkel. »Habe ich, als ich Euch in einen Frosch verwandelt habe, auch Euer Denkvermögen geschrumpft? Wenn *die* eine Prinzessin ist, bin ich Rotkäppchen!« Sie hielt sich den Bauch vor Lachen, während ihre lange, krumme Nase am Kinn rieb. »Gänsemagd ist die! Tochter des alten Köhlers mit seinen tausend Blagen. Das Krönchen hat sie zusammen mit dem Kleid von Dornröschen gestohlen. Das tapfere Schneiderlein hat's ihr noch verlängern müssen. Und der guten Fee hat sie das goldene Bällchen gemopst.«

Der Prinz schaute kopfschüttelnd zu Primella. »Es tut mir leid«, sagte sie leise. »Das Königreich meines Vaters ist wirklich sehr bescheiden und wir alle wissen wohl nicht recht wohin.«

»Nun, meine Kinder«, krähte die Hexe, »jetzt lassen wir aber mal den Spaß beiseite und konzentrieren uns auf das, wofür ich gekommen bin. Ich hab schließlich im Knusperhäuschen noch ein Kind im Ställchen, was fett gefüttert werden muss.« Sie schwang nur ihr Handgelenk und im selben Wimpernschlag war der Prinz von unsichtbaren Fesseln an die Felswand festgesetzt.

»Was habt Ihr denn noch mit ihm vor?«, fragte Primella erschrocken.

»Ja, Kinder, was denkt ihr denn? Wir sind schon am Ende? Viel zu viel waren der schändlichen Worte, die des Prinzen Vater mir gegenüber in den Mund genommen hat, als dass ich je vergessen könnt. Eine Hexe braucht stets große Vorstellungskraft. Ich habe mir überlegt, ich werde den Prinzen ein wenig verunstalten und ihn dann mit einer unzerstörbaren Fußfessel mitten auf den Burghof seines Vaters anketten, damit dieser jeden Tag ihn ansehen und vor der Schande sich grämen muss.«

»Um Gottes Willen!«, schrie Primella auf. »Ich bitte Euch, ich flehe Euch an! Was kann er denn für die Taten seines Vaters?«

»Ach, papperlapapp, was ficht es mich an?« Die Hexe rümpfte noch einmal die krumme Nase, bevor sie vergnügt den Zauberstab schwang. »Und jetzt seht einer Künstlerin bei der Arbeit zu! Lasst mich fantasieren. Vielleicht ein Buckel oder Eselsohren oder ein Schweineschwänzchen, ob hinten oder vorne«, sie kicherte, »wird noch zu überlegen sein. Und nun …« Sie begann zu murmeln, als das Glas mit den Fliegen an ihre Schläfe flog und auf dem Boden zerschellte. Für einen kurzen Moment taumelte die Hexe, doch schnell hatte sie ihren Stand wiedergefunden und starrte Primella an.

»Du!« Pfeile schienen aus ihren schwarzen Knopfaugen zu schießen. »Sieh an, jetzt wird die Gänsemagd noch vorlaut. Das soll dir eine Lehre sein!« Blitzschnell hielt sie den Stab auf Primella, Funken sprühten, Puff, Puff, das schöne bauschige Prinzessinnenkleid fiel in sich zusammen und übrig blieb ein kleines Laubfröschchen, das aus dem Taft hüpfte. Quak, Quak …

Die Hexe lachte und beugte sich über. »Oh, was bist du für ein süßes Fröschlein geworden. Als Mensch so groß und tapsig und nun, was für ein kleines, niedliches Ding.« Sie hob das Fröschlein, das im letzten Augenblick noch nach der Kugel griff, hoch und setzte es mit einem hämischen Grinsen auf das Thronplateau.

Der Prinz tobte. Vergeblich versuchte er, sich von ihren finsteren Kräften freizukämpfen. »Du ekelhaftes, mieses, fieses Bie…«

»Contenance, Eure Hoheit! Wo bleibt denn Eure gute Erziehung? Vergesst nicht, Ihr seid wieder ein Prinz und kein schleimiger Lurch mehr. Aber Ihr braucht nicht ungeduldig werden. Jetzt habe ich Zeit für Euch.«

Zum dritten Mal an diesem Abend hob die alte Hexe ihren

Zauberstab. Mit gesenkten Lidern versank sie in ihren Beschwörungen, denn es war ein komplexer Zauber zu tätigen. Erste Funken sprühten aus dem Zauberstab. Das Fröschlein schaute in sein Bällchen. Es war ihm, als sähe es ein freundliches Gesicht, hörte liebe Worte und wusste plötzlich, was es zu tun galt. Die Kugel fest an die grüne Brust gepresst, segelte es auf die Hexe zu, und als diese den faulen Mund für die nächste Kaskade von Fluchwörtern aufsperrte, warf es das Bällchen tief in den Rachen der Hexe! Die Hexe schluckte und zuckte und würgte und krächzte. Die Augen drohten in ihren Höhlen zu platzen, während sie den Mund sperrangelweit aufriss, brannte plötzlich eine strahlende Sonne in ihrer Gurgel, füllte die gesamte Höhle mit einem hellen, goldenen Licht. Die Hexe erstarrte, ein letztes Zucken in den Augen, bevor sie rabenschwarz in sich zusammenbrach, in sich verglühte, bis nur ein Häufchen Asche und Knochen von ihr übrigblieb.

Der Prinz näherte sich ungläubig. Fassungslos blieb er vor den Überresten stehen. Mit einem Mal kullerte das goldene Kügelein aus dem Aschehaufen. Er nahm es in die Hand. »Dafür sollten wir uns wohl bei der guten Fee bedanken.« Kopfschüttelnd ging er zu Primella, die wieder zum Thron hochgehüpft war. »Nun hast du doch deinen Willen bekommen. Gleich morgen werden wir zum Schlosse aufbrechen.«

»Wie?«, quakte sie verwundert. »Du nimmst mich mit?«

»Was denkst *du* denn? Ich geh allein zurück? Da wird mich mein Vater direkt wieder losschicken, um irgendwelche eingebildeten Schnepfen aus den Klauen müffelnder Riesen zu retten. Aber wenn ich meine Braut schon mitbringe ...«

»Aber ich bin doch nur ein Frosch.«

Er zuckte die Achseln. »Nun, niemand ist perfekt. Du bist ja auch keine Prinzessin. Aber wenn wir Dornröschen ihre Krone und der guten Fee die Kugel zurückbringen und du alles aufrichtig bereust, wird die Fee vielleicht ein Einsehen haben und dich zurückverwandeln.«

»Hm ...« Nachdenklich betrachtete sie die goldene Kugel, die nicht mehr glühte, sondern sanft schimmerte und leuchtete, als sei sie die Unschuld selbst. »Hast du gerade gesehen, wie ich die Kugel der Hexe in den Hals gestopft habe? Wozu brauche ich da eigentlich noch einen Prinzen? Vielleicht sollte ich doch, wie du gesagt hast, mein Schicksal selbst in die Hände nehmen und das Glück finden. Ich könnte …«, sie blinzelte mit ihren großen Froschaugen, »… einen Schatz suchen. Oder … Hexen jagen. Hast du gesehen, wie ich die gerade erledigt habe?« Sie hüpfte aufgeregt auf und ab. »Oder Drachen töten. Ja, ich könnte bestimmt auch Drachen töten!«

Er nickte verständnisvoll. »Bestimmt. Und Riesen selbstverständlich auch.« Sie sprang auf seinen Arm, den er ihr entgegenhielt, und quakte dabei munter weiter. Eine Fliege setzte sich auf seinen Ärmel und sie visierte die Beute an, doch noch bevor sie mit ihrer Zunge zuschlagen konnte, hatte er die Fliege mit der Hand geschnappt, in den Mund geworfen und heruntergeschluckt.

»Oh, Verzeihung, meine Teuerste«, sagte der Prinz, »die nächste ist natürlich für Euch!«

Eine Mäuse-Weihnachtsgeschichte

oder

Wie Weihnachten und Silvester auf einen Tag fielen

Es war Weihnachten und der Pferdehof, auf dem diese Geschichte sich zugetragen hat, lag friedlich inmitten einer dichten Schneedecke. Wiesen und Wege verschwanden unter einer dicken Schicht Schnee und nur anhand der Zaunpfosten ließ sich erahnen, wo das eine endete und das andere anfing. Die Dächer des alten Hofes waren überzogen wie mit einer Haube aus Zuckerguss und von den Firsten hing ein filigraner Vorhang aus Eiszapfen hinab. Auf dem Teich bei der großen Reithalle hatte sich eine knisternde Eiskruste gebildet. Die Luft war kalt und frostig, aber nichts, was sich mit einer dicken Jacke und warmen Socken nicht aushalten ließ. Still war es, nur das leise Knirschen des Schnees unter den Winterstiefeln. Es war der 24. Dezember und den ganzen Tag hatte die Sonne die weiße Pracht zum Glitzern gebracht, bis am Abend die unzähligen Lämpchen der Weihnachtsbeleuchtung im Innenhof die feinen Eiskristalle wie Diamanten funkeln ließ.

Nun ja – dies ist zwar ein Weihnachtsmärchen, aber doch nicht fern jedweder Realität, also es war Heiliger Abend, so viel ist wahr, aber es lag nicht wirklich Schnee, was bei Temperaturen um die fünf Grad auch schwierig ist, und statt knirschender Eiskristalle hörte man eher ein matschiges Platsch beim Durchschreiten der Pfützen. Ob es nun gerade regnete oder nicht, war nicht definitiv zu bestimmen, es war jedenfalls kalt und klamm, das, was die Menschen hier gerne als üselich bezeichnen. Um es kurz zu sagen: Es war das typische rheinische Weihnachtswetter!

Aber da nun jeder Rheinländer sich von Hause aus wenig Hoffnung auf weiße Weihnacht macht – es sei denn, er ist ein unbelehrbarer Optimist, was selbst bei mit Frohsinn getauften Menschen nicht standardmäßig vorkommt –, ließ sich niemand vom Wetter seine Stimmung verderben. Alle, die sich an diesem Tag auf dem Hof begegneten, wünschten sich sofort artig und aus vollem Herzen ein frohes Fest.

Auch die Tiere waren in Weihnachtsstimmung. In erster Linie natürlich die Pferde, die wussten, dass sie an Weihnachten kulinarisch noch mehr verwöhnt wurden, als es eh schon jeden Tag geschah. Aber nicht nur die Pferde freuten sich. Auf dem Hof wimmelte es geradezu von Tieren: Es gab die Pferde, die Hunde, die Katzen, die Hühner und dazu gesellte sich ungefragt noch ein ganzer Haufen Tiere, der mal mehr, mal weniger erwünscht war – wie die Schwalben, die Mäuse, die Ratten und jede Menge Kleinstgetier. Sogar eine Eule lebte unter dem Dach des Heubodens.

Eine Gruppe, die sich auf dem Hof besonders wohl fühlte, die fast ein paradiesisches Leben führte, waren die Mäuse. Sie lebten in den Ställen das ganze Jahr über angenehm klimatisiert, je nach Vorliebe gebettet auf Stroh, Holzspänen oder ganz luxuriös auf weichem Heu. Auch an Futter mangelte es nicht, denn jeder, der schon einmal ein Pferd hat fressen sehen, weiß, dass Pferde wenig Tischmanieren haben und vieles, was sie hastig und gierig ins Maul schieben, an allen Seiten wieder herausfällt. So brauchten die Mäuse nur den Boden abzusuchen und sie hatten eine gesunde Mischkost aus Getreide, Obst und Gemüse. Natürlich gab es auch ein paar Dinge, die man als Maus beachten sollte: Man durfte nie, niemals nie zwischen ein Pferd und sein Futter kommen, denn da verstehen Pferde keinen Spaß. Man musste sich in Acht nehmen vor den Raubvögeln, die über den Wiesen kreisten, und vor den Katzen und auch vor manchem Hund. Es war natürlich genauso klug, den Menschen aus dem Weg zu gehen, die leider immer wieder versuchten, den Mäusen das Leben schwer zu machen, um – so wie sie sagten – Ordnung zu schaffen. Doch alle und jede Ecke des Hofes zu ordnen, das gelang selbst ihnen nie.

In dieser Idylle lebte eine große Mäusefamilie in der Ecke einer Scheune oder vielmehr die Mitglieder, die von der Familie noch übrig waren. Denn wie es sich für Mäuse gehörte, waren die Eltern über das Jahr verteilt sehr fruchtbar gewesen, und die vielen Kinder waren längst groß und in andere Teile des Stalls gezogen. Nur einer, der Jüngste, der wollte so recht nicht gehen, obwohl er eigentlich schon lange das Alter erreicht hatte, um selbständig zu sein. Doch Fredi war ein rechter Träumer und auch nicht immer der Allerhellste. Hinzu kam, dass er meistens wenig bis gar nicht zuhörte und schnell in Gedanken woanders war. So lief er auch am Weihnachtstag träumend durch die Ställe und dachte an aufregende Dinge, während seine Eltern mit seinen zahlreichen Geschwistern das Mäuseloch schmückten, denn mit derart besinnlichen Sachen hatte Fredi auch nicht viel im Sinn. Er mochte lieber ein bisschen Aktion und freute sich auf das Fest, das die Menschen Silvester nennen und mit Raketen und lauten Böllern feiern. So kam es, dass er im Stall auf einem Heuballen saß und dermaßen intensiv an Silvester dachte, dass er die ganze Zeit »Silvester, Silvester« vor sich hin murmelte, bis das Pferd, das daneben in der Box stand, ihm ins Gesicht prustete und sagte: »Silvester, Silvester, was murmelst du denn die ganze Zeit vor dich hin?«

Und Fredi antwortete: »Nichts, nichts. Ich denke nur immer zu an Silvester. Ich freu mich so darauf.«

»Silvester …«, raunte das Pferd und schüttelte und sträubte sich, denn anders als vorwitzige Mäuse mögen die meisten Pferde Raketen und Böller gar nicht. Obwohl sie so groß und stark sind, sind Pferde in ihrem Herzen doch oft eher kleine Hasen.

Aber dann sagte das Pferd etwas höchst Unerwartetes: »Silvester, das ist doch heute.«

Es ist nicht ganz klar, ob das Pferd die kleine Maus veräppeln wollte, denn wie alle Reiter wissen, haben Pferde durchaus einen ausgeprägten Sinn für Humor; oder ob das Pferd in seiner Panik vor den Krachern selbst alles durcheinander brachte. Jedenfalls war Fredi sofort völlig aus dem Häuschen, als er das hörte, und sprang wie ein Verrückter auf dem Heuballen herum.

»Silvester, Silvester. Heute, ja natürlich. Oh, wie schön!«, quiekte und jauchzte er. Warum hatte ihm denn keiner etwas gesagt? Oder Moment einmal – seine Eltern hatten doch etwas erzählt, mit einem Feiertag heute oder so, er hatte nicht richtig zugehört, aber das musste Silvester sein, und gleich ging das große Feuerwerk los!

»Wann, wann fängt denn das Feuerwerk an?«, fragte Fredi aufgeregt.

»Oh, das geht bestimmt gleich los«, antwortete das Pferd und starrte mit weiten Augen nach draußen in die Dunkelheit.

»Ja dann, dann muss ich sofort raus!«, rief Fredi und rannte wie der Blitz aus dem Stall. Er sauste vorbei an der Reithalle, hinaus auf die Wiesen, während in allen Häusern die Menschen zur Bescherung zusammenkamen. Er düste bis ans Ende der Wiese, kletterte auf einen der Zaunpfosten, weil er von dort oben die schönste Aussicht auf das nahegelegene Dorf und das zu erwartende Feuerwerk hatte. Es wunderte ihn nicht, dass außer ihm sich weit und breit keine Seele blicken ließ, dafür wartete er zu andächtig auf das große Spektakel.

Doch mit Einbruch der Dunkelheit war es frostig geworden. Von Osten war eine Kaltfront ins Land gezogen, ein eisiger Wind, der die Temperaturen schnell fallen ließ. Nur Fredi war zu aufgeregt und zu sehr in Gedanken, um zu merken, wie er langsam auf dem Pfosten festfror.

Aber dann geschah ein echtes, ein wirkliches Weihnachtswunder, das die Menschen in ihren Häusern frohlocken ließ, aber für Fredi das denkbar Schlechteste in einer ohnehin prekären Lage war: Es fing zu schneien an. Leise und lauschig schwebten die ersten Flocken vom Himmel hinab und landeten auf Fredis ausgekühltem Fell, wo sie schon bald zu einem harten, eisernen Panzer erstarrten, während gleichzeitig in der warmen Scheune Fredis Mäuseeltern sorgenvoll auf seine Heimkehr warteten. Und als wäre die Aussicht, bald unter einem Berg von Schnee begraben zu sein, noch nicht schlimm genug, erhob sich in diesem Moment die Eule auf dem Heuboden von ihrem Platz, um eine nächtliche Runde zu drehen. Die Eule hatte zwar schon lange essensmäßig für Weihnachten vorgesorgt, aber gegen einen frischen Happen war ja nie etwas einzuwenden. Auch wenn sie nicht wirklich damit rechnete, am Heiligen Abend etwas draußen zu finden, vielmehr war es für sie eine Frage der Ehre. Umso überraschter war sie, als sie die kleine Maus auf dem Pfosten wie auf dem Präsentierteller entdeckte. Sie hoffte nur, dass die Maus jetzt nicht zu gefroren war, die Eule hatte bei dem Schnee wahrlich keinen Appetit auf Eis.

Mit einem schnellen Manöver schnappte sich die Eule Fredi, wovon dieser kaum etwas mitbekam. Dafür war er schon zu durchgefroren. Er spürte nicht, wie der Vogel ihn packte. Er sah es nur plötzlich vor seinen Augen blitzen und dachte, das Feuerwerk ginge los. Und die Eule, stolz auf ihren Fang, drehte mit Fredi im Griff noch eine extra Runde im dichten Schneetreiben über die Wiesen und Felder zum Dorf hinüber. Und Fredi – man muss es entschuldigen, er war wirklich fast erfroren – hörte den Wind in seinen Ohren pfeifen und knallen, und das Licht der Straßenlaternen und die Schneeflocken ließen es vor seinen Augen blitzen und explodieren, dass er glaubte, das schönste und lauteste Feuerwerk auf Gottes Erden jetzt live mitzuerleben. Und er freute sich und war glücklich wie nie zuvor.

Die Eule aber drängte es langsam heim, um ihre köstliche Beute zu verspeisen. Sie schwenkte in Richtung Stall und flog mit schnellem Flügelschlag nach Hause. Doch um zu ihrem Nest auf dem Heuboden zu gelangen, musste sie unter einem steinernen Torbogen durch in den Innenhof fliegen. Und ähnlich wie der Straßenverkehr, der jedes Mal zusammenbricht, wenn es im Rheinland mal tatsächlich wagt zu schneien, haben auch die Tiere ihre liebe Mühe mit dem Schnee, und die Eule, statt wie sonst elegant unter dem Torbogen hindurch zu fliegen, krachte mit einem Wusch gegen den soliden Bogen.

Augenblicklich fiel sie wie ein Stein zu Boden. Beim Aufprall ließ sie Fredi aus ihren Klauen, der ein ganzes Stück durch den weichen Schnee kullerte. Die Eule schüttelte sich, sie war durch den Schlag auf den Kopf nicht mehr ganz bei Sinnen und wusste nicht mehr, was sie eigentlich bei diesem Wetter hier draußen trieb. Schnell raffte sie sich auf und flog in Hüpfern und Schlangenlinien zurück zum Heuboden. Fredi derweil kam durch den Sturz langsam zu sich und erwachte aus seiner eisigen Starre.

»Ooh«, seufzte er leise, als er nur noch Schnee und Dunkelheit erblickte und die Stille ihn einhüllte, »das schöne Feuerwerk ist vorbei. Dann werde ich mal besser nach Hause laufen.«

Noch ganz aufgedreht und mittlerweile auch sehr hungrig, flitzte er in die Scheune und war sehr überrascht, dort nicht nur seine Eltern, sondern sämtliche Geschwister vorzufinden, und sie hatten Essen, allerfeinstes Essen aufgetischt. Natürlich konnte er nicht lange an sich halten, und während er eine süße Banane vernaschte, erzählte er schmatzend von seinen Erlebnissen. Man kann sich vielleicht den Gesichtsausdruck seiner Geschwister vorstellen, als Fredi begann von Raketen und Böllern zu erzählen, während draußen nichts als leiser Schnee rieselte. Es wurde vermutet, dass er vom Regal gefallen sei oder vielleicht eine Pfütze mit Glühwein gefunden habe, oder Fredi war einfach, wie einer seiner Brüder bemerkte, schon immer ein Fall fürs Mäuseheim gewesen. Jedenfalls, sie ließen ihn erzählen und feierten mit ihm, denn es war Weihnachten, und an Weihnachten ist es halt so, dass alle zusammen feiern und selbst Geschwister ihr Herz füreinander entdecken.

Alles auf Anfang

Silvesternacht. Die Luft ist noch rauchig und schwer vom Böllern, das sich wenige Stunden zuvor abgespielt hat. Ein junger Mann ist auf dem Heimweg von einer Feier. Er geht durch den Park, als er plötzlich ein Rascheln aus dem Gebüsch hört. Er bleibt stehen und lauscht: wieder das Rascheln und ein Zischen und jetzt glaubt er sogar, eine leise Stimme zu hören. Er tritt näher heran und folgt den Geräuschen. Sein Blick fällt auf den Boden, wo der Tumult eindeutig herkommt, doch das, was er dort im künstlichen Lichte der Parklaterne sieht, kann doch nicht wirklich sein. Zu seinen Füßen liegt eine knubbelige Gestalt, vielleicht flaschengroß, verheddert in Plastikschnüren wälzt sie sich hilflos und ohne Unterlass fluchend von der einen zur anderen Seite. Der Mann verharrt regungslos. Nun gut, er hat getrunken, es ist schließlich Silvester, aber nicht dermaßen viel, um Fabelwesen oder weiße Mäuse zu sehen. Er kratzt sich am Kopf.

Auf einmal hört der Knubbel mit dem Strampeln auf. Er hat den Mann entdeckt.

»Was?«, schnauzt es von unten. »Wäre ein bisschen Hilfe hier zu viel verlangt?!«

Unweigerlich greift der Mann in seine Jackentasche und holt ein Taschenmesser heraus. Er fällt auf die Knie und schneidet die Schnüre durch.

»Verdammter Müll, Dreck, die Schweine hier!« Die Kugel rappelt sich fluchend auf, während der Mann weiter vor ihm kniet. Mit offen stehendem Mund betrachtet er den tobenden Gesellen: ein wuscheliger Karottenschopf, dazu ein Schweinenäschen und Schlabberbacken mit einem ausgefransten Schnurrbart in der Mitte. Als Garderobe trägt er eine bis über die Brust hochgezogene gestreifte Hose, die nur mit einer Kordel wie durch Magie an ihrem Platz gehalten wird. Wohl der Kälte geschuldet, liegt ein kariertes Cape, das am Hals zugeknotet ist, über den Schultern. Alles wie eine in die

Jahre gekommene, fehlgeschlagene Kreuzung aus des Meisters Eder Pumuckl und Obelix, dem Gallier. In diesem Moment ist der Mann dankbar, dass ihn sein leichter Alkoholpegel diesen Anblick relativ entspannt ertragen lässt. Der junge Mann schafft es endlich wieder aufzustehen. Doch jetzt zittern ihm die Knie. Er geht ein paar Schritte zur nächsten Bank und muss sich niederlassen. Aus dem Augenwinkel beobachtet er, wie das Fässchen auf zwei Beinen ihm folgt und, wirklich erstaunlich für die Leibesfülle, mit einem behänden Satz neben ihn auf die Bank plumpst. Der Mann rutscht ein kleines Stück zur Seite.

»Ähm«, räuspert sich das Wesen, »es tut mir leid, dass ich gerade derart unfreundlich war. Aber in einem Haufen Schnüren zu stecken, kann den friedlichsten Kobold zum Wüterich machen. Jedenfalls, danke für die Hilfe.«

Der Mann nickt und setzt ein schiefes Lächeln auf. Aus der Jackentasche fischt er seine Zigaretten hervor. Automatisch hält er seinem Sitznachbarn die offene Schachtel vor die Nase. »Auch eine?«

»Bitte?!«, empört sich der Plumpsack. »Kobolde rauchen keine Zigaretten. Wenn wir rauchen, dann nur Pfeife.«

»'tschuldigung.« Der Mann zieht die Schachtel leicht beleidigt zurück. »Mein Fehler. Wie konnte ich das nur vergessen.«

»Nichts für ungut, junger Mann«, beschwichtigt der Kobold. »Es ist nur … Susi. Sie macht mich so aggressiv.«

»Susi?«

»Ja, sie sucht gerade das ganze Konfetti zusammen. Sie ist der Grund, warum ich zu Hause raus musste. Und dann ist mir die Idee gekommen, ich könnte einen Böller suchen, der nicht hochgegangen ist, und diesem im Haus noch mal ordentlich Zunder geben, und wenn Susi herbeigeeilt kommt …« Er kichert schamlos. »Puff!«

Der junge Mann unterbricht seinen Vorgang des Zigarettenanzündens. »Also … äh … ich bin mit Kobolden jetzt nicht so gut bewandert, aber mir scheint auch dort bei Beziehungsproblemen, seinen Partner in die Luft zu sprengen, keine adäquate Lösung zu sein.«

»Susi, meine was …?« Der Kobold zieht sein glänzend rotes Steckdosennäschen in die Höh'. »Ach, dass ihr Menschen immer nur in die eine Richtung denken könnt ... Nein, es ist dieses Ding. Sie nennen es nur Susi. Weißt du, dieses Ehepaar, dessen Wohnen in meinem Haus ich begleite – kurz vor Weihnachten haben sie dieses Dings nach Hause gebracht. Und seitdem gleitet und saugt es sich durchs ganze Haus.«

Der Mann zündet sich die Zigarette an. »Ein Saugroboter also.«

»Nein, ein Werkzeug des Teufels! Ich bin drauf geklettert, wollte nur ein kleines Stückchen mitfahren. Glaubst du, was sie gemacht hat, die blöde Kuh? Error, Error hat sie geblinkt und gepiept wie eine Furie. Als ob ich zu schwer wäre. Unverschämtheit!«

Der junge Mann nickt beflissen. Es scheint ihm klüger, einem explodierenden Kobold nicht zu widersprechen, während dieser sich weiter in Stimmung bringt. »Und dann habe ich sie getreten und wollte sie die Kellertreppe runter schupsen. Kannst du dir vorstellen, was sie getan hat?«

Artig schüttelt der junge Mann den Kopf.

»Eine Bürste hat sie ausgefahren und ist hinter mir hergejagt. Aber nicht mit mir. Irgendwann krieg ich sie. Und den Herrschafften – den werde ich auch einheizen. Bis jetzt habe ich ab und zu mal einen heiteren Schabernack getrieben, wie eine Socke aus der Waschmaschine stibitzen. Ihr lustig verblüfftes Gesicht, wenn sie alles akribisch absuchen und ein paar Tage später spinxt die kecke Socke einfach aus der Trommel heraus. Aber dieser Frieden ist aus. Am zweiten Weihnachtstag habe ich in der Nacht die Hose vom Mann enger genäht. Hätt'st ihn mal am nächsten Tag jammern hören: ›Ich hab doch extra nur einen Kloß gegessen, wie kann die Hose denn nicht mehr passen?‹« Er lacht und schlägt sich auf die prallen Beinchen, während am Himmel eine einsame Rakete aufleuchtet. »Oh«, fällt es dem Kobold beim Betrachten des bunten Sternenregens plötzlich ein, »ich wünsche natürlich noch ein frohes neues Jahr.«

»Äh, danke, gleichfalls.«

»Irgendwelche guten Vorsätze?«

»Nicht unbedingt.«

»Vielleicht mit dem Rauchen aufhören?« Das Klöpschen zwinkert ihm schelmisch zu.

»Nee, danke. Bis jetzt macht die Lunge noch mit. Aber eigentlich müsste das doch heute Nacht ein sehr guter Start ins neue Jahr für mich gewesen sein.«

»Äh, wie das?«

»Na ja, ein Märchenwesen gerettet, heißt das nicht, dass ich jetzt einen Wunsch frei habe oder so ähnlich?«

»Einen Wunsch frei?« In einem Satz springt der Kobold auf und stemmt die Fäuste in seine nicht vorhandene Taille. »Einen Wunsch frei? Sieht irgendwas an mir aus wie eine Fee? Sehe ich wie eine Fee aus? Feen erfüllen Wünsche, nicht Kobolde!«

»Ist ja gut, ich stelle meinen Antrag zurück.«

Der Kobold schnauft noch einmal gut durch und setzt sich wieder. Der Mann versucht die Unterhaltung zu retten. »Und was für gute Vorsätze haben Kobolde? Mal abgesehen von dieser Susi Sache.«

»Also ich plane, mich nächstes Jahr etwas mehr auf mein Gewichts-Management zu konzentrieren.«

»Ja, und Anger-Management wäre wahrscheinlich auch eine gute Idee«, murmelt der Mann in sich hinein.

»Wie bitte?«

»Ich sagte nur, Gewichts-Management ist wahrscheinlich eine gute Idee.«

»Und du hast tatsächlich keine guten Vorsätze angedacht? Das ist wirklich schade. Jeder sollte sich Ziele stecken.«

Der Mann überlegt. Eigentlich ist er nicht ganz ehrlich gewesen. Auf dem Heimweg ging ihm schon der eine oder andere Gedanke durch den Kopf. Warum soll er nicht etwas sagen? Wenn man schon einmal ein persönliches Gespräch mit einem Kobold führt. »Vielleicht gibt es da doch den einen oder anderen Gedanken. Ich denke, ich laufe, was meine Berufsorientierung betrifft, in die falsche Richtung.«

»Oh ha, in welcher Branche bist du tätig?«

»Umverteilungs-Branche.«

»Hä?«

»Ich stehle.«

»Du stiehlst?«, wiederholt der Kobold entsetzt.

Der junge Mann zuckt die Achseln. »Ja, was sich halt so ergibt.

Mal 'ne Handtasche, ein Handy, Portemonnaie. Ich könnte auch deine Susi Sache für dich lösen, wenn du mich mal für 'ne halbe Stunde ins Haus lässt.«

Das Fässchen springt erneut auf. Diesmal wirft es sich die Hand ans Herz. »Bei meiner Kobold-Ehre. Wir sind immer noch die Hüter eines Hauses!«

»War ja nur ein Angebot.«

Der Kobold setzt sich wieder. »Aber so geht das doch nicht weiter.«

»Das stimmt. Das richtige Geld ist doch eher im Internet zu finden. Taschendiebstahl ist so analog.«

»Aber das ist doch keine Zukunft für einen jungen Mann. Wie ist das denn passiert, wie hat das angefangen?«

»Ach, wer kann das schon sagen. Nach der Schule fand ich nicht sofort eine Lehrstelle, ich jobbte hier und da und zwischendurch hing ich auch mal nur so rum. Aber vielleicht ...« Er drückt seine Zigarette aus und schnippt den Stummel unter dem strengen Blick des Kobolds selbstverständlich nicht ins Gebüsch, sondern in den Mülleimer. »Vielleicht ist es damals auch wegen der Hand passiert. Ich hab mir die Hand gebrochen und bei der Physio sollte ich immer diese Übungen machen und meine Finger wurden immer schneller und gelenkiger und ich fing aus Spaß an, bei meinen Freunden alles Mögliche aus den Taschen zu ziehen. Und dieses Talent setzte ich dann später genauso auf der Straße ein. Die Leute machen es einem auch zu einfach. Wenn ich die Männer sehe, wie ihre Geldbörse fast schon von alleine aus der Gesäßtasche quillt. Aber ja, ich glaube, mit der Hand, das war der Anfang.«

»Aber so geht das doch nicht weiter! Früher oder später landest du im Gefängnis.«

»Auf Bewährung«, entgegnet der junge Mann trocken.

»Pff! Siehst du. Und wenn sie dich das nächste Mal erwischen, gehst du ins Gefängnis. Das kann doch nicht deine Zukunft sein. Du bist noch so jung.«

»23.«

»23. Da liegt ja noch dein ganzes Leben vor dir. Du kannst eine

Ausbildung machen. Dein Geld auf anständige Weise verdienen. Du machst auf mich doch einen patenten Eindruck.«

Der junge Mann kommt ins Grübeln. Es ist ja nicht so, als ob er sich über diese Dinge noch nie Gedanken gemacht hätte. »Junge ...« Der kleine Pummel tapst über die Bank, bis er an der Seite des Mannes ist. »Junge ...« Der Kobold stuppst ihn an. »Junge, wie heißt du eigentlich?«

»Carl.«

»Also Carl, du kannst doch nächste Woche ins Jobcenter fahren und dich beraten lassen. Es gibt doch Programme für jemanden wie dich – für Leute, die, sagen wir, ein bisschen von der Bahn gekommen sind.«

»Hm ...« Carl schaut zum Kobold, der ihm mit schwingenden Hängebacken einen weiteren Stups versetzt. »Meinst du wirklich? Meinst du, ich kann aus dem Schlamassel noch mal rauskommen? Manchmal wünsch ich mir die Zeit zurück – weißt du, alles auf Anfang, bevor die Hand gebrochen war und ich diesen Weg eingeschlagen habe.«

»Jaja, aber ein Neustart ist doch immer möglich. Jetzt ist der richtige Zeitpunkt, dein Leben zu ändern. Du musst es dir nur fest vornehmen.«

»Hm. Vielleicht. Und du könntest eventuell lernen, besser mit Susi auszukommen.«

»Na, na, für so etwas braucht es wohl immer zwei. Und ich sehe bei Susi bis jetzt wenig Einsicht.«

Carl nickt verständnisvoll, als etwas anderes plötzlich seine Aufmerksamkeit einnimmt: Am Ende der Rasenfläche schlendert ein gut gekleidetes Pärchen den Weg entlang. »Gucci Handtasche.«

»Was bitte?«, fragt der Kobold.

»Die Frau trägt eine Gucci Handtasche.«

»Oh, das kannst du auf die Entfernung sehen?«

»Das ist wohl berufsbedingt bei mir. Und die Frau trägt Stöckelschuhe und der Mann ist nicht mehr der Allerjüngste. Wenn man da jetzt schnell vorbeirennt und die Handtasche schnappt ... Weißt du, ich kann sehr schnell laufen.«

Carl steht auf. Der Kobold starrt ihn fassungslos an. Carl lächelt schief und zieht die Schultern hoch. »Na ja, es tut mir leid, vielleicht fang ich morgen an, es war jedenfalls nett, mit dir zu plaudern.« Carl joggt los.

»Wa... wa... was?!«, stammelt der Kobold. Sein Mund will einfach nicht mehr zugehen. Doch auf einmal springt er von der Bank und wieder mit einer für seine Leibesfülle faszinierenden Geschwindigkeit saust er hinterher. Er schnappt sich einen dicken Zweig und pfeffert ihn Carl zwischen die Beine. Carl, der gerade beschleunigt, stolpert, schlägt einen Purzelbaum und versucht, seinen Fall mit der rechten Hand abzufedern. Ein Knacken, ein Schrei und Carl liegt stöhnend auf dem Rasen. Er hält sich die schmerzende Hand vor die Brust und blickt auf den Kobold, der zufrieden neben ihm steht.

»Siehst du, vielleicht kann ich doch Wünsche erfüllen. Jetzt kannst du wieder alles auf Anfang haben. Und wegen Susi ...« Er hebt den Stock auf. »Da mach dir mal keine Sorgen. So ein Knüppel dürfte doch auch nützlich sein, wenn Susi wieder wie blöd vor der Kellertreppe steht.« Er legt sich den Stock über die Schulter und watschelt vergnügt davon.

Nachwort

Liebe Leserin, lieber Leser,

ich hoffe, der kleine Ausflug durch meine Geschichtenwelt hat Ihnen gefallen und etwas Farbe in Ihren Alltag gebracht. Wenn dem so ist, würde ich mich natürlich sehr freuen, wenn Sie mein Buch weiterempfehlen oder eine Rezension in einem Bücherforum und/oder Verkaufsportal schreiben. Besonders danken möchte ich an dieser Stelle meiner Freundin und Autorenkollegin Marita Bagdahn, die mich so toll in Lektorat und Korrektorat unterstützt hat. Ohne sie wäre alles sicher nicht so eine runde Sache geworden. Kevin Scoppwer danke ich für das fantasievolle Cover. Welche Figuren aus den Geschichten haben Sie in den Wolken entdeckt?

Und nun? Um es mit dem Titel meiner letzten Geschichte zu sagen: Alles auf Anfang? Oder nach dem letzten Buch ist vor dem nächsten Buch? Vielleicht kommt in einiger Zeit ein weiterer Kurzgeschichten-Band oder ein neuer Roman hinzu. Schauen Sie doch mal auf meiner Internetseite vorbei. Dort gibt es übrigens zu jeder Erzählung den Hintergrund zur Entstehung zu entdecken, sozusagen die Geschichte zur Geschichte. So war zum Beispiel für einige Texte ein gemaltes Bild die Quelle aller Inspiration, aus der nach intensivem Grübeln und Graue-Zellen-Schütteln die Ideen und Figuren nach und nach entsprungen sind.

Also, nehmen Sie sich die Zeit zum Träumen und lassen Sie Ihrer Fantasie freien Lauf ...